KB273668

길어도 좋다

변현상

1958년 경남 거창 가조 출생.
2007년《나래시조》신인상으로 문단 활동을 시작했다.
몇 권의 시조집을 발행하였고 현대사설시조포럼 회원으로 활동하며,
사설시조와 동행 중이다.
bhs-salus@hanmail.net

길어도 좋다

—

초판 1쇄 2026년 1월 2일
지은이 변현상
펴낸이 김영재
펴낸곳 책만드는집

—

주소 서울 마포구 양화로3길 99, 4층 (04022)
전화 02-3142-1585 · 6
팩스 336-8908
전자우편 chaekjip@naver.com
출판등록 1994년 1월 13일 제10-927호
ⓒ 변현상, 2026

—

—

ISBN 978-89-7944-915-0 (04810)
ISBN 978-89-7944-354-7 (세트)

책 만 드 는 집
시인선 273

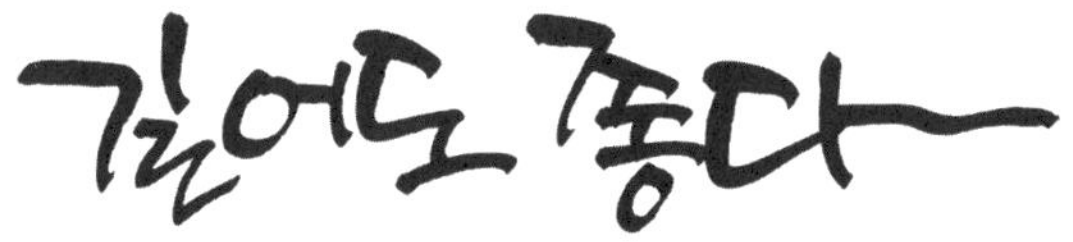

변현상 사설시조집

책만드는집

변현상의 『길어도 좋다』는 여섯 판의 마당놀이다. 판소리와 풍물패가 한데 어우러졌다. 엇모리 자진모리에 굿거리장단이 뒤섞이고, 아니리로 엮어가다가는 어느 결에 너름새로 감아친다. 때로는 말뚝이의 능청으로 의미를 다잡는가 하면, 또 때로는 취발이의 넉살로 가락을 부리기도 한다. 그렇게 한판 한판 걸판진 언어의 놀이마당을 펼치는 것이다.

　　대화체의 입말이『길어도 좋다』의 거의 전편을 관통한
다. 그가 구사하는 입말은 자신의 탯말이기도 한 경상도
사투리다. 이 고장 사투리는 축약이 심한 데다 된소리 거
센소리가 겹쳐 워낙에 투박하고 왁살스럽다. 그러나 그
것이 시어로 취택되면 사정이 달라진다. 시의 맥락 속에
서 다른 말로는 대체 불가한 어의와 어조의 적확성을 담
보하기 때문이다. 변현상의 경우가 그 맞잡이다. 입말의
사투리가 숫제 그 나름의 전략이자 더늠이 되고 있으니
말이다.

변현상의 언어는 거침없이 활달하고, 진솔하면서도 질박하다. 그에게는 화려한 수사도 난삽한 비유도 없다. 직관의 자연스러움을 특유의 말본새로 밀고 가며 실감 실정을 토로할 뿐. 그런 가운데 해학과 익살이 행간을 넘나들고, 풍자와 역설이 문맥을 갈마든다. 그러면서 세상살이의 갖은 신산과 상처, 숱한 부조리와 갈등을 끊고 다독이기도 한다. 이는 곧 세계와 존재의 실상에 다가가는 엮음(사설)시조 본연의 모습을 여실히 보여주는 일이 아니겠는가.

그는 이 시대의 흥부다. "저으기 형수님 요짝 뺨도 마저 패주슈" "거 욕은 무슨 욕, 다 지 마음에 달린 기지" 그는 그러고도 남을 사람이다.

그런 그가 뜬금없이 묻는다. "지 말이 틀린 기 있어요?"

그러고는 멈칫대며 되뇌는 한마디. "둘이서 같이 가는 길 길어도 좋다, 참 좋다!" 그는 그러고도 남을 시인이다.

박기섭 시인

| 차례 |

2부　“주문
피청구인 욕가마리를 파면한다!”

3부　"잡히면 불법이니라!"

4부 "밥 마이 처묵드마 돼지가 됏뿌렀네!"

5부 "거 욕은 무슨 욕,
다 지 마음에 달린 기지"

6부　　"구두약 칠만 잘하면
아직은 더 신겠죠!"

풍자의 칼, 연민의 눈
─ 변현상 시인의 시대 증언록

배우식 문학박사

1. '밥'의 시학, 삶과 비판의 변증법

변현상 시인의 사설시조는 '사설辭說'이라는 이름에 걸맞게 당대의 현실, 정치, 서민의 삶을 날카롭게 포착하고 있다. 여기서 빈번하게 등장하는 '밥'은 단순한 음식을 넘어 사설시조집 『길어도 좋다』 전체의 주제 의식을 관통하는 핵심 상징으로 작동한다. 시인에게 '밥'은 곧 '삶'이며 '생존'이다. 이는 가장 근원적인 서민의 삶을 대변하는 시어다. 「사설 신 흥보뎐 - 흥보가 형수에게 주걱으로 뺨 맞는 장면」에서 굶주린 흥보가 뺨에 붙은 '밥알'을 애처롭게 바라보는 장면은 ‘밥’이 곧 생존 문제임을 극적으로 보여주고, 「내 친구 S - 밥」에서 친구가 “밥 마이 처묵드마 돼지가 됏뿌렀네!”라고 타박하지만, 결국 그 친구의 죽음 앞에서 시인은 “밥이나 마이 처묵든지 배가 팍 터짓뿌게!”라며 울분을 토한다. 여기서 ‘밥’은 ‘건강’이자 ‘삶’ 그 자체임을 보여준다. 또한 시인은 ‘밥’과 관련된 행위를 통해 현실의 부조리를 비판한다. ‘밥’은 단순한 생존을 넘어 사회적, 정치적 맥락을 획득한다. 「큰 예배」에서 ‘밥’을 먹는 행위를 ‘큰 예배’라고 표현하며, ‘단식’투쟁을 할 수밖에 없는 정치·사회적 현실을 역설적으로 표현한다. 「측은지심 5 - 바퀴벌레」에서는 택시 기사의 위태로운 삶을 묘사하며 “합법이란 이름으로 당당하게 밥 씹는 이, 훑어보면 몇 명일까?”라고 반문한다. 이는 ‘밥’을 버는 행위, 즉 ‘먹고사는 문제(생계)’가 얼마나 치열하고 불평등한지 고발하는 것이다. 시인의 개인적인 서사나 일상 풍경 역시 ‘밥’을 중심으로 전개된다. 이는 날카로운 비판 의식이 결국 ‘밥상머리’의 구체적인 현실에 발 딛고 있음을 보여준다. 「얄궂데이day」에서 할머니들이 “절밥이 마싰다 카데, 시주 달라 할까 바?”라며 나누는 대화는 종교의 경계를 허무는 서민들의 소박한 ‘밥’ 이야기다.

변현상 시인은 2007년《나래시조》신인상, 2009년 한 해에《국제신문》《농민신문》신춘문예에 동시에 당선되는 기염을 토하며 시조단時調壇의 큰 주목을 받았다. 그는 이미 시조집『차가운 기도』『툭』, 현대시조 100인 선집 『어머나, 어머나』를 출간한 시조단의 중견이다.

변현상 시인의 사설시조집 전체를 종단하는 '밥'은 서민의 '생존'과 '일상'을 상징하는 동시에 '노동'과 '정치' 문제로 확장되는 사회 비판의 가장 근원적인 출발점이다. 또한 변현상 시인의『길어도 좋다』는 고전 사설시조의 비판적 정신을 21세기 한국 사회의 한복판에 성공적으로 이식함과 동시에 그 칼날이 스친 상처를 어루만지는 서정적 휴머니즘을 확보함으로써 사설시조라는 장르의 현대적 생명력과 가능성을 극명하게 증명해 낸 기념비적 사설시조집이다.

2. 광장으로서의 중장, 민주적 발화의 무대

변현상 시인의『길어도 좋다』는 사설시조의 핵심인 '중장의 확장'을 단순한 길이의 확장이 아닌, 기능의 혁명

으로 보여준다. 시인의 중장은 억압되었던 모든 목소리
가 터져 나오는 '민주적 광장' 그 자체다. 이 광상에서는
정제된 시어와 비속한 욕설이, 뉴스와 가십이, 시시껄렁
한 농담과 날카로운 고발이 뒤섞여 "잡어 접시"(「잡어」)처
럼 끓어오른다.

날마다 먹는 밥에
상 붙이면 밥상이라

아침에는 아침 밥상 점심때는 점심 밥상 늦은 저녁 퇴
근해서 홀로 받는 저녁 밥상 말하자면 독상인데 또 다
른 말로 하면 각상이 되는 건데 쉼 없이 먹는 밥상도 격
과 품이 있는지라, 놀음판에 음식 차려 이름하여 놀음상,
(……) 대식구가 모두 모여 함께 먹던 두레상에, 적어도
반찬이란 다섯 가지는 차려야지 격식 차린 오첩반상, 다
섯 가지 반찬을 어디 함부로 내어놓나? 졸지에 부자가 된
졸부의 칠첩반상, (……) 밥상도 이럴진대 다른 상은 또
뭐가 있나?

세상에서 제일 큰 상 돈과 명예 노벨상에, 나이 어린 서

방님이 병을 앓다 저승 갔다 일편단심 수절했다 장하다
열녀상에, 낳으시고 길러주신 부모님께 잘해야지 당연한
걸 잘했다고 한턱내듯 효행상에, (……) 알면서 모르는 척
주고받는 상도 있어! 밖으로 굽는 팔이 이 세상에 어디 있
나 제 자식 달래듯이 머리를 훑어본 후 미리 찍은 예쁜 놈
을 은근슬쩍 찍어주는 점지상이 첫 번째요, 또다시 추슬
러서 끼리끼리 나눠 갖는 분배상이 두 번째요, 가나다라
차례 정해 지방마다 돌아가는 그 무슨 안배상에, 시킨 대
로 두말하지 않고 소처럼 일 잘한다 그래서 내려주는 머
슴상이 네 번째라, (……) 부끄러움도 지워버린 필부匹夫
들의 그 미소가 이리 보면 강도 같고 저리 보면 거지 같아
메스껍다 불쌍하네! 그래서 조부께서 손자 이름 현상이
라 단박에 지었을까? 구린내 나는 성姓이지만 이름 중에
상이 붙어 작품을 쓸 때마다 상을 턱 받고 마네!

    변 현 상 얼마나 좋아!
    상보다 좋은 변현상!
    -「상 타령」부분

변현상의 사설시조「상 타령」은 '세태의 허영'이라는

주제를 탁월하게 포착하고 비판하는 수작이다. '상床(밥상)'이라는 일상적 소재에서 시작하여 '상賞(상장/권위)'이라는 사회적 가치로 나아가는 교묘한 언어유희를 통해 허영에 들뜬 세태를 신랄하게 풍자한다. 이 작품은 사설시조 특유의 '열거'와 '직설적인 비판'을 현대적으로 계승하여 '상'이라는 이름에 집착하는 우리 시대의 맨얼굴을 거침없이 드러낸다. 초장은 "날마다 먹는 밥에/ 상 붙이면 밥상이라"라는 진술로 시작한다. 그러나 이 밥상은 단순한 식탁에 머무르지 않는다. 아침 밥상, 점심 밥상, 저녁 밥상 같은 일상적 '상'은 오첩반상, 칠첩반상으로 변모한다. 특히 "졸지에 부자가 된 졸부의 칠첩반상"이라는 구절은 '밥상'이 이미 생존의 도구를 넘어 신분 과시와 허영의 수단이 되었음을 암시한다. 이처럼 일상의 '상床'에서부터 미묘한 '허영'의 낌새를 포착한 시인은 이 '상'을 '돈과 명예'의 상징인 노벨상, 열녀상, 효행상 등 사회적 '상賞'으로 급격히 확대한다. 이러한 전개는 먹고사는 문제(밥상)와 명예를 좇는 문제(상장)가 결국 '세상의 인정'과 '과시'라는 동일한 욕망의 뿌리에서 자라남을 보여주는 장치이다.

 이 작품의 비판 의식이 가장 날카롭게 빛나는 지점은

'상'을 둘러싼 사회적 부조리를 구체적으로 열거하는 대목이다. 시인은 "알면서 모르는 척 주고받는 상"의 실체를 적나라하게 고발한다. 점지상, 분배상, 안배상, 머슴상의 네 가지 '상'의 열거는 현대사회의 권위와 명예가 얼마나 부패하고 형식화되었는지를 압축적으로 보여준다. 여기서 '상'은 더 이상 가치 있는 성취의 증표가 아니라 기득권의 '서열'을 공고히 하고 '분배'하는 탐욕의 도구로 전락한다. 시인은 이러한 '상'을 받고 "부끄러움도 지워버린 필부들"의 미소를 "이리 보면 강도 같고 저리 보면 거지 같아 메스껍다 불쌍하네!"라고 직설적으로 토로한다. 이는 단순한 풍자를 넘어 허영의 꼭대기에 선 인간 군상에 대한 혐오와 연민이 뒤섞인 격정적인 비판이다.

이 사설시조는 신랄한 사회 비판에서 그치지 않고, 마지막 종장에서 시인 자신의 이름 '현상'을 끌어들인다. 중장의 "그래서 조부께서 손자 이름 현상이라 단박에 지었을까? 구린내 나는 성이지만 이름 중에 상이 붙어 작품을 쓸 때마다 상을 턱 받고 마네!"와 종장의 "변 현 상 얼마나 좋아!/ 상보다 좋은 변현상!"은 사설시조 특유의 '해학諧謔'이자 고도의 자기 풍자다. "상보다 좋은 변현상!"이라는 외침은 '상'이라는 외부의 권위에 의존하지 않고 '변현상'이라는 존재 자체로 당당히 서겠다는 선언처럼 들리기도 하고, 혹은 자신마저 웃음거리로 만드는 체념 섞인 농담처럼 들리기도 한다. 이러한 자기 풍자를 통해 시인은 비판의 칼날을 외부(세태)뿐만 아니라 내부(자신)로 향하게 함으로써, '상'에 대한 집착이 특정 인물들의 문제가 아니라 우리 모두의 보편적인 허영일 수 있음을 암시한다.

이처럼 변현상의 「상 타령」은 '상'이라는 시어 하나로 현대인의 허영심, 명예욕, 그리고 그것을 둘러싼 시스템의 부조리를 촘촘하게 엮어낸 작품이다. 사설시조 고유의 열거법과 신랄한 풍자, 그리고 마지막의 해학적 자기 고백을 통해, '상'에 중독된 우리 세태의 공허한 이면을 남김없이 펼쳐 보인 탁월한 문학적 성취라 평할 수 있다.

앞에서 살펴본 것처럼 변현상 시인의 중장은 고상한 서재書齋가 아니라 시끄러운 저잣거리이다. 이곳에서 시인은 「상 타령」 이외에도 '폴드 폰'과 'SNS'(「사설 신 홍보던」)를 들어 시대를 고발하고, '에콘'(「폭염 사설」)을 낯설어하는 노인의 목소리를 그대로 중계하는 것을 통해 세태의 허영을 남김없이 펼쳐 보인다.

3. 풍자의 칼

고전 사설시조의 핵심 정체성은 당대 지배층(양반)의 위선과 부조리를 서민의 목소리로 신랄하게 비판하고 조롱하는 '풍자'와 '해학'에 있다. 변현상 시인은 이 '풍자의 칼'을 물려받아 21세기 현대사회의 새로운 권력과 모순을 겨눈다.

이번에 또 취직했네!
사 년 보험 또 들었네!

좋겠다! 철밥통 직장 부도 없는 회사이며 임금 떼일 일 없는 직장, 제멋대로 휴가 가고 끗발 또한 안하무적, 헛소리로 공갈치다 아니면 말고, 그뿐이랴! 면피하는 책을 받아 읽다가 그만둬도, 저들끼리 트집 잡고 소리치다 흐지부지, 무능한 일꾼들이 방탄조끼 왜 입었어! 나태하고 게을러서 출근 도장 안 찍는데, 보험금 잘 안 주는 보험사에 든 거같이

세비歲費랑 명절 상여금

애 좀 타게 늦게 줘라!
　　　－「보험금 지급을 미루는 보험사에 든 거같이」 전문

　변현상의 이 작품은 현대 사설시조의 형식을 빌려, 현 시대의 정치권력을 향해 지극히 신랄하고 통렬한 비판을 가하는 수작이다. 정제된 언어 뒤에 숨은 은유가 아닌, 일상의 언어로 빚어낸 '풍자의 칼날' 그 자체라 할 수 있다. 시는 정치인의 '당선'을 '취직'으로, '4년 임기'를 '4년 보험'으로 치환하는 냉소적인 시선에서 출발한다. 신성한 공적 소명이어야 할 정치가 개인의 안전을 보장하는 사적 이익 수단, 즉 '보험'으로 전락했음을 초장에서부터 폭로한다. 이러한 풍자는 파격적으로 길어진 중장에서 절정에 달한다. 사설시조의 특징인 장형화長型化와 열거법은 화자의 울분과 조롱을 쏟아내는 데 가장 효과적인 장치로 기능한다.

　시인은 이 '직업'을 "부도 없는 회사", "임금 떼일 일 없는 직장"으로 규정한다. 이는 일반 국민이 겪는 고용 불안, 임금 체납 등의 민생고와 극명한 대조를 이루며, 그들의 '직업'이 얼마나 현실과 동떨어져 안온한 것인지를 고발한다.

시인은 또한 직설적 언어를 통해 행태를 비판한다. "제멋대로 휴가", "끗발 또한 안하무적", "헛소리로 공갈치다 아니면 말고"와 같은 구어체와 비속어의 과감한 사용은 정치권력의 오만함과 무책임성을 날것 그대로 드러낸다. 이는 독자에게서 지적 동의를 넘어 감정적 공감을 끌어내며 풍자의 효과를 극대화한다. 중장의 백미는 "무능한 일꾼들이 방탄조끼 왜 입었어!"라는 외침이다. '방탄조끼'는 '불체포특권' 혹은 '면책특권'이라는 정치적 특권을 겨냥한 가장 현대적이고 정확한 은유이다. 국민을 위해 일해야 할 '일꾼'이 '무능'한데, 정작 자신을 보호하는 '방탄조끼'는 철저히 챙겨 입는 모순을 직설적으로 꿰뚫는다.

이 사설시조의 가장 날카로운 지점은 바로 종장의 "세비랑 명절 상여금/ 애 좀 타게 늦게 줘라!"다. 이는 단순한 저주가 아닌, 사용자가 제시한 "보험금 지급을 미루는 보험사"라는 비유와 정확히 맞닿는 '아이러니의 완성'이다. 정치인은 국민과의 계약(선거)을 통해 '공공서비스'라는 보험금을 지급해야 할 '보험사'의 역할을 맡는다. 그러나 그들은 "나태하고 게을러서 출근 도장"도 찍지 않으며, 국민에게 필요한 '보험금'(민생, 책임) 지급을 미루고 있다. 이에 화자는 거대 담론을 외치는 대신, 역설적으로 그 '보험사 직원'(정치인)들 역시 '보험금'(세비, 상여금)을 제때 받지 못해 "애 좀 타게" 만들어보자는, 가장 소시민적이고도 통쾌한 복수를 제안한다. 이는 그들이 국민에게 가하는 고통(애타는 심정)을 그들 자신도 똑같이 겪어보라는 실질적인 응징이다. 「보험금 지급을 미루는 보험사에 든 거같이」는 사설시조라는 고전적 형식이 당대의 현실을 비판하는 가장 첨예한 양식이 될 수 있음을 증명한다. '보험'이라는 탁월한 중심 비유, '방탄조끼'와 같은 시의적절한 상징, 그리고 "아니면 말고", "애 좀 타게" 등의 생생한 속어를 통해, 무능하고 부도덕한 권력을 향한 대중의 분노와 냉소를 성공적으로 형상화한 뛰어난 정치 풍자 사설시조라 평할 수 있다.

또 다른 변현상의 사설시조 「모자를 쓴다는 건」을 살펴본다.

　　머리 보호 맵시를 위해 모자는 쓰는 건데

　　그것도 육체 중에 가장 높은 머리 위에, (……) 하여 감
틀 쓴다는 건

　　무거운 무쇠 덩이를 대표로 지는 것이거늘

제멋대로 날아가는 위태한 비행이다

좌우 양쪽 날개에는 (……) 검찰형 제트엔진 싹 바꾸어 달았는데 고도와 항로를 수시로 이탈한다, 탑승객 오천만의 길고 짧은 비명들을 난기류와 제트기류 소음으로 치부하며, (……) 하늘이 내려주는 천근의 무게라며, 민심이 천심이란 그 말뜻을 뭉개면서, 괴롭히며 따지다가 반쯤 죽게 만드는 게 조종 이력 전부인데 무작정 밀어붙이는 불도저 성격인데 (……) 목적지 공항까지 절반 더 남았는데

무자격 기장의 조종, 비행 금지 구역이다

 ―「모자를 쓴다는 건」 부분

첫째 수 초장은 '모자'의 실용적 기능에서 출발해 "권력형 감투 모자"로 나아간다. 여기서 중요한 것은 화자가 규정하는 '감투'의 본래 의미다. 그것은 "무거운 무쇠 덩이를 대표로 지는 것"이다. 이는 권력이란 군림이 아닌, 공동체를 위한 '대표적 책임'과 '희생'임을 분명히 전제한다. 이 이상적인 전제는 뒤따라올 현실 비판을 더욱 날카롭게 벼리는 '풍자의 칼'이 된다.

　둘째 수 중장의 "검찰형 제트엔진"은 이 시에서 가장 날카롭고 구체적인 풍자다. 비행기의 동력이 '검찰'이라며, 지도자가 국가를 운영하는 힘의 원천이 공정한 통치가 아닌, 특정 권력기관(검찰)의 힘에 의존하고 있음을 직설적으로 폭로한다. 이는 "싹 바꾸어 달았"다는 표현에서 보듯, 의도적인 권력 편중을 의미한다. '5천만 국민'은 기장의 독단적 비행에 갇힌 "탑승객"이다. 그들의 절박한 "비명들"은 "난기류와 제트기류 소음으로 치부"된다. 이는 민심을 외면하고 국민의 고통을 소음으로 취급하는 권력의 오만과 불통을 극명하게 보여준다. 기장은 "하늘이 내려주는 천근의 무게"라며 자신의 행위를 정당화하지만, 실상은 "민심이 천심이란 그 말뜻을 뭉개"고 있다. 또한 그의 이력("괴롭히며 따지다가 반쯤 죽게 만드는 게 조종 이력 전부")은 그가 공공의 안위가 아닌, 타인을 제압하는 데만 특화된 인물임을 암시하며, '무자격' 주장에 힘을 싣는다. 현실 고발의 정점인 둘째 수 종장의 "무자격 기장의 조종, 비행 금지 구역이다"라는 선언은 단순한 비유를 넘어선 강력한 '탄핵'의 목소리다. 특히, 작품 말미에 붙은 '참고' 부분은 이 시조를 단순한 문학적 풍자를 넘어선, 구체적인 '역사적 고발'의 차원으로 끌어올린다.

"2024년 12월 3일 밤"이라는 명백한 시점과 "비상착륙"이라는 실제 사건(비상계엄 사태)을 직접적으로 언급함으로써, 이 시가 겨냥하는 대상이 누구이며, "위태한 비행"이 무엇을 의미하는지 독자에게 확인시킨다. 이는 시적 허구의 세계에 현실의 쐐기를 박는 장치다. "탑승객은 모두 무사했음"이라는 안도는 기장의 유능함 때문이 아니라 천운에 기인한 것이라는 냉소를 담고 있으며, 그 "무자격 기장"의 조종은 당장 중단되어야 함("비행 금지")을 다시 한번 강조한다.

「모자를 쓴다는 건」은 '감투'와 '비행'이라는 이중 은유를 정교하게 직조하고, '검찰 엔진'과 같은 시의성 강한 어휘를 동원하여, 당대의 정치적 위기를 정면으로 관통하는 '풍자의 칼'이다. 고전 시가의 형식을 빌려 동시대의 가장 긴박한 정치적 사건을 고발하는 이 사설시조는, 문학이 현실에 개입하는 가장 날카롭고 용감한 방식이 무엇인지를 여실히 보여주는 사례라 할 수 있다.

「보험금 지급을 미루는 보험사에 든 거같이」가 '보험'이라는 정적인 은유를 통해 권력의 이기적 속성을 냉소적으로 비판했다면, 「모자를 쓴다는 건」은 '위태한 비행'이라는 동적인 알레고리allegory를 통해 권력의 오용이 공동체 전체를 어떻게 파멸로 이끌 수 있는지를 생생하게 고발한다.

4. 무기武器로서의 방언方言

변현상 시인은 표준어로 점잖게 세상을 비판하지 않는다. 대신 걸쭉한 사투리와 날것의 입말을 가장 날카로운 무기로 사용한다. 이는 단순한 '향토색'의 구현이 아니라, 중앙의 표준화된 언어(권력의 언어)에 대한 '지역의 생생한 육성(민중의 언어)'의 저항이다. 시인은 마치 판소리 광대나 재담꾼처럼 독자 앞에 서서 "지 말이 오데 틀린 기 있어요?"(「지 말이 틀린 기 있어요?」)라고 호통치고, "요새 같으마 콩밥 묵지"(「요새 같으마 콩밥 묵지」)라며 거침없이 시대를 풍자한다. 이 생생한 입말은 위선적인 언어의 껍질을 벗겨내고 문제의 본질을 곧바로 꿰뚫는다.

참 얄궂다 그쟈, 저 질이 머라꼬 카드나

와 자꾸 파서 바꾸노? 쪼매 발에 익을라 카마 아파트값

떨어진다꼬 동네가 촌시럽다꼬… 차 댕기는 차도도 아이
고 가마이 있는 인도가 홍어 줖으로 보이나 이짝 말 듣고
저짝 말 듣고 이거는 뭐, 줖때도 없고 한 분도 아이고 어떤
데는 두 분이나 바까쌋코, 한 분 바꿀라 카마 세그미 억수
로 든다꼬 모도 다 그캐쌋튼데,

글마들 손가락만 대마 꾸룽내가 술술 나이
 −「인자 그마 바까라!」 전문

이 작품은 정제된 시어의 세계를 거부하고, 가장 일상
적이며 날것 그대로의 언어인 '방언'을 전면에 내세운다.
사용자가 요청한 바와 같이, 이 작품에서 걸쭉한 사투리
와 입말은 단순한 지역색의 표현을 넘어, 현실을 겨누고
부조리를 찌르는 가장 날카로운 '무기'로 작동한다.
 문학에서 표준어는 종종 현실의 거칠고 불편한 단면을
감추는 '교양'의 외피로 기능한다. 그러나 이 사설시조는
"참 얄궂다 그쟈", "와 자꾸 파서 바꾸노?"라는 첫마디부
터 독자를 시적 허용의 세계가 아닌, 삶의 현장 한복판으
로 끌고 들어온다. 이 무기는 '체면'을 모른다. "쪼매 발에
익을라 카마" 자꾸 땅을 파서 보도블록을 바꾸는 바람에

초래되는 생활인의 구체적인 불편함은 "아파트값 떨어진다꼬", "동네가 촌시럽다꼬"라는 허울 좋은 명분과 날카롭게 대치한다. 만약 이 비판이 "지가 하락을 우려하고 도시 미관을 개선한다는 명목하에…"라는 식의 정제된 언어로 표현되었다면, 그 속에 담긴 위선과 천박함은 오히려 희석되었을 것이다. 방언은 이 모든 허위의식을 걷어내고, "가마이 있는 인도가 홍어 좆으로 보이나"라는 극단적인 직설법으로 폭발한다. 이는 점잖은 비판이 아니라, 모욕당한 일상의 분노 그 자체다. 방언은 현실의 부조리를 미화하거나 관조하지 않고, 그 민낯을 정면으로 후려갈기는 '몽둥이'가 된다.

이 사설시조가 겨누는 대상은 불분명한 "글마들"이다. 이들은 "이짝 말 듣고 저짝 말 듣고", "줏때도 없"이 세금을 낭비("세그미 억수로 든다꼬")하는 권력 집단, 즉 탁상공론을 일삼는 행정 주체나 그에 부역하는 이들이다.

방언은 이들의 권위를 정면으로 조롱하고 전복한다. '글마들'이라는 호칭 자체가 이미 존중을 거부하는 표현이다. "한 분도 아이고 어떤 데는 두 분이나 바까쌋코"라는 구절은 그들의 행위가 얼마나 무분별하고 상습적인지를 '쌓다(쌋코)'라는 일상적이고 비속한 서술어를 통해 경멸적으로 낙인찍는다. 표준어나 공문서의 언어가 가진 권위와 대척점에 있는 '방언'을 사용함으로써, 시인은 그들의 행위가 얼마나 무가치하고 우스꽝스러운지를 폭로한다. 이는 마치 잘 차려입은 권력자의 넥타이를 '촌시러운' 입말로 잡아채는 것과 같은 문학적 전복이다.

이 무기의 가장 날카로운 끝은 종장의 "글마들 손가락만 대마 꾸릉내가 솔솔 나이"에 있다. '꾸릉내'라는 단어는 이 비판의 핵심이다. 이는 표준어 '고린내'나 '썩은 내'보다 훨씬 더 질척하고 원초적인 불쾌감을 자아내는 토착 어휘다. 이 냄새는 단순히 낭비되는 시멘트나 아스팔트의 냄새가 아니다. 그것은 '손가락만 대도' 풍기는, 즉 그들의 존재 자체에서 발원하는 부패의 냄새다.

시인은 멀쩡한 보도블록을 계속해서 뒤엎는 행위의 본질이 '미관 개선'이나 '지가 상승' 따위가 아니라, 그 과정에 개입하는 "글마들"의 이권과 결부된 '부패'임을 '꾸릉내'라는 단 하나의 후각적 심상으로 응축시켜 고발한다. 이 방언 어휘는 그 어떤 분석적인 고발 문장보다 더 강력하게 독자의 감각에 달라붙어, 문제의 본질을 직관적으로 깨닫게 한다.

변현상의 이 사설시조는 방언이 단순한 향토적 정서의

표현 도구가 아님을 증명한다. 오히려 가장 '낮고', '날것'의 언어인 방언을 사용함으로써, 시인은 가장 '높은 곳'에 있는 권력의 위선과 부패를 가장 효과적으로 공격한다. "인자 그마 바까라!"라는 제목의 외침은, 끊임없이 교체되는 보도블록을 향한 말이자 부조리한 현실 그 자체를 향한 명령이다. 그리고 이 명령을 수행하는 가장 강력하고 치명적인 무기는 화려한 수사나 고고한 관념이 아닌 걸쭉한 흙냄새와 '꾸렁내'가 뒤섞인 민중의 '입말' 그 자체다.

5. 사설로 쓴 실록實錄, 시대를 증언하는 사관史官의 눈

변현상 시인은 동시대를 살아가는 '증인'이자 '사관'으로서의 역할을 회피하지 않는다. 이 사설시조집은 한국 사회의 굵직한 사건과 비극을 기록한 '사설의 실록'이다.

비가 오길 기다리며 갈라 터진 논배미들

덴 가슴을 품고 사는 쥐코조리 아닌데도 답답한 놈 샘

판다고 지난 시월 시작해서 올 삼월 열흘인데 똑바른 심
지들이 주말마다 광장에 모여 기우제를 지냈지요
　"주문 피청구인 욕가마리를 파면한다!"
　그토록 기다려왔던 단비가 퍼붓는데요, 농번기도 아닌
데 촛불 밝혀 기도했던 하늘만 쳐다보고 오매불망 기도하
던 갈라 터진 논배미가 빙그레 웃고 있는데

　"아, C8! 너무 좋네요! 춤 한번 추자고요!"
　－「아, C8! 춤 한번 추자고요!」 전문

　변현상 시인의 이 사설시조집 『길어도 좋다』는 뼈아픈
'시대의 증언록'이다. 시인은 사설시조 「함 비주까?」에서
잊힌 '촛불'의 기억을 다시 상기시킴으로써, 부조리한 현
실에 맞서 다시 한번 저항의 불씨를 되살려야 한다는 강
력한 메시지를 전달하고 있다. 이는 '불의하고 부조리한
현실에 대한 비판과 잊힌 저항 정신(촛불)의 재각성을 촉
구하는 세대 경고'다. 변현상은 이 '촛불'과 그로 인한 '탄
핵'이라는 한국 사회의 굵직한 사건을 기록하고 있다.
　「아, C8! 춤 한번 추자고요!」는 평시조의 정형성이 아
닌 사설시조의 파격과 장형長型을 선택한다. 이는 시인이

다루려는 주제, 즉 '촛불'과 '탄핵'이라는 거대한 광장의 서사를 담아내기에 가장 적절하고도 필연적인 형식적 선택이다. 정제된 관념이나 개인적 서정 대신 사설시조 특유의 산문성, 직설성, 그리고 해학(혹은 풍자)을 통해 시대의 한복판으로 뛰어든다. 시인이 "참 짧은 나의 시조는 국화보다 못하다"(「자송自訟」)라고 자책했음을 상기할 때, 이 작품은 그 '짧음'을 거부하고 '길어짐'을 택한다. 사설은 '말씀'이며 '이야기'다. 시인은 이 사설의 형식을 빌려 2016년 10월부터 2017년 3월 10일까지, 광장을 가득 메웠던 민중의 목소리와 시대의 풍경을 낱낱이 '기록'하고 '증언'하려는 윤리적 책무를 수행한다.

시인은 촛불 정국을 '가뭄'이라는 절박한 자연현상에 비유하며 서사를 시작한다. "비가 오길 기다리며 갈라 터진 논배미들"과 "덴 가슴"은 단순한 농촌 풍경이 아니라, 불의와 비상식으로 인해 타들어 가던 당시 국민의 절박한 심정을 은유한다. 국가는 "논배미"처럼 메말랐고, 민심은 "덴 가슴"처럼 타들어 간다. 이 절망적인 가뭄 속에서 시작된 행위가 바로 '광장의 기우제'다. 변현상은 "답답한 놈 샘 판다고 지난 시월 시작해서 올 삼월 열흘인데 똑바른 심지들이 주말마다 광장에 모여 기우제를 지냈지요”라며 촛불을 든 시민들을 “똑바른 심지들”로 명명한다. 이는 ‘촛불의 심지’라는 직접적 의미와 ‘올곧은(똑바른) 마음’이라는 윤리적 의미를 동시에 함축하는 절묘한 표현이다. 이 “심지들”이 “주말마다 광장에 모여” 벌인 행위는 단순한 시위가 아니라, 비(정의)를 염원하는 공동체적 제의祭儀, 즉 “기우제”로 승화된다. “지난 시월”부터 “올 삼월 열흘”까지의 구체적인 시간(실록성)이 이 제의의 절박함과 끈질김을 증명한다.

중장은 이 기나긴 ‘기우제’의 응답으로 서사의 절정을 이룬다. 하늘의 응답, 즉 “단비”는 “주문 피청구인 욕가마리를 파면한다!”라는 헌법재판소의 판결문으로 구체화된다. “그토록 기다려왔던 단비가 퍼붓는데요”, 여기서 주목할 점은, 시인이 피청구인의 실명과 직위 대신 ‘욕가마리’라는 비속어에 가까운 민중적 언어를 삽입했다는 사실이다. 이는 법정의 권위적인 언어를 광장의 언어로 전복하는 시적 장치다. 판결의 주체는 재판관이지만, 그 판결을 완성하고 의미를 부여하는 것은 “욕가마리”라고 규정하는 민중의 목소리임을 선언하는 것이다. 이 ‘단비’는 정치적 심판을 넘어, “갈라 터진 논배미”로 상징되는 공동체의 상처를 치유하는 생명수다. “농번기도 아닌데" 모여 "기도했던" 그 간절함이 마침내 응답받았고, "갈라 터진 논배미가 빙그레 웃"는 장면은 촛불혁명의 완수와 공동체의 회복을 상징적으로 보여준다.

이 시조의 백미는 표제이자 종장인 마지막 구절이다. "아, C8! 너무 좋네요! 춤 한번 추자고요!", 이는 사설시조가 도달할 수 있는 '날것'의 목소리, 즉 '육성'의 정점이다. '파면'이라는 역사적 선고 앞에서 터져 나온 이 감탄사는, 정치적 논평이나 이성적 판단이 아닌, 가장 원초적이고 육체적인 환희의 표현이다. "아, C8!"이라는 비속어는 정제된 시어로는 도저히 담아낼 수 없는, 억눌렸던 울분과 승리의 쾌감이 동시에 폭발하는 카타르시스의 순간을 포착한다. 이어서 터지는 "춤 한번 추자고요!"라는 외침은, '기우제'를 성공적으로 끝내고 '단비'를 맞이한 공동체가 벌이는 축제의 몸짓이다.

결국 이 사설시조는 '촛불'과 '탄핵'이라는 무거운 역사적 사건을, '가뭄(시대의 고통)-기우제(촛불의 염원)-단비(탄핵의 심판)-춤(민중의 환희)'이라는 강력한 은유적 서사로 엮어낸다. 시인이 자책했던 '국화보다 못한 시조'는, 이 작품에 이르러 가장 치열한 '시대의 증언록'이 된다. 사설시조라는 민중적 그릇에 광장의 육성을 그대로 담아낸 이 사설시조는 정제된 언어로는 기록할 수 없는 시대의 심장 소리를 박동 그대로 전하는 '사설의 실록'이다.

앞에서 살펴본 것처럼 '촛불'(「함 비주까?」)과 그로 인한 탄핵(「아, C8! 춤 한번 추자고요!」)과 함께 사법 농단(「이게 바로 미치고 환장할 일」), 이태원 참사(「자송」), 그리고 66년 만에 돌아온 "뽈테 안경"(「안경」)까지 시인은 역사의 현장을 외면하지 않고 사설시조라는 형식 안에 정면으로 '박제'한다.

6. 장르의 경계를 허무는 '시조 마스터'

이 사설시조집의 진정한 품격은 압도적인 풍자와 비판[反] 속에서도 고전적 시조의 단아한 서정[正]과 철학적 사유[合]를 자유자재로 변주하는 노련함에서 드러난다.

변현상 시인은 「가을 기행 – 홍류동紅流洞」이나 「만월滿月에게」에서 전통 서정시조의 아름다움을 유려하게 복원해 내는가 하면 「부석사 무량수전」에서는 '배흘림기둥'과 '공중 부양' 한 바위를 통해 '비움'의 철학을 사유한다. '사이다' 한 병에 웃으시던 '아버지의 그 모습'을 떠올리며 쏟아내는 눈물(「회식 후」)은 이 시인의 가슴속에 얼마나 깊은 서정이 흐르는지 보여준다.

그날따라 귀갓길이 왜 그리도 허전했는지

아파트 앞 슈퍼에서 먹지 않는 사이다를 한 병 사서 들고서 술에 취한 기분이었나? 골목길 계단에 앉아 컵도 없이 뚜껑 열고 바로 콜콜 마셨는데 톡 쏘는 탄산가스 콧구멍을 팍 찌르는데, 그 순간 눈물 콧물 사정없이 쏟으면서, 철이 없던 그 옛 시절 시험 치고 일 등 했다고, 없이 살던 그 살림에, 약주 한잔하신 김에, 사이다를 사주셨던 아버지 웃으시던 그 모습이 떠올라서 이왕에 핑계 삼아

행인이 보거나 말거나 그냥 엉엉 울었다
　　－「회식 후」 전문

이 사설시조의 서정은 "그날따라 귀갓길이 왜 그리도 허전했는지"라는 초장에서부터 짙게 배어 나온다. '회식 후'라는 제목은 화자가 집단 속에서 소란스러운 시간을 보냈음을 암시하지만, 그 결과 남은 것은 충족감이 아닌

역설적인 '허전함'이다. 이는 타인과의 피상적인 관계 속에 지쳐가는 현대인의 고독을 상징적으로 보여준다. 이유 모를 공허함 속에서 시인은 "먹지 않는 사이다"를 사는 비논리적인 행동을 한다. 이 행위는 '허전함'을 채우려는 무의식적인 몸부림이며, 다가올 서정적 반전을 위한 복선이 된다. 술에 취한 듯("술에 취한 기분이었나?") "골목길 계단"에 홀로 앉아 있는 모습은 집(안식처)에도 속하지 못하고 사회(회식)에도 속하지 못한 채 겉도는 시인의 소외된 내면을 시각적으로 형상화한다.

중장은 이 서정성이 폭발하는 지점이다. "컵도 없이 뚜껑 열고 바로 콜콜 마"시는 행위는 화자의 갈증이 육체적인 것이 아니라 정서적인 것임을 보여준다. "톡 쏘는 탄산가스 콧구멍을 팍 찌르는데"는 단순한 미각적 묘사를 넘어선다. "톡 쏘는" 감각, "팍 찌르는" 통증에 가까운 자극은 억눌려 있던 시인의 감정선을 날카롭게 건드리는 방아쇠trigger 역할을 한다. 무감각했던 내면에 강력한 물리적 충격이 가해지자, 닫혀 있던 기억의 수문이 열린다. "톡 쏘는" 감각이 불러낸 것은 "철이 없던 그 옛 시절"의 아버지다. "없이 살던 그 살림에, 약주 한잔하신 김에, 사이다를 사주셨던 아버지 웃으시던 그 모습"의 기억은 이

시조의 서정적 정수다. "없이 살던 그 살림"이라는 가난의 배경은 아버지가 "약주 한잔하신 김에" 사주신 '사이다 한 병'의 무게를 극대화한다. 그것은 단순한 음료수가 아니라, 가난 속에서도 아들의 "일 등"을 기뻐하며 해줄 수 있었던 아버지의 최선 사랑이자 자부심의 표현이다.

현재의 시인이 '먹지도 않는' 사이다를 산 것과 달리, 과거의 사이다는 아버지의 "웃으시던 그 모습"과 결부된, 순수하고 충만한 기쁨의 상징이다. 현재의 '톡 쏘는' 자극과 과거의 '따뜻한' 기억이 중첩되는 "그 순간", 시인은 "눈물 콧물 사정없이 쏟"아낸다. 현재의 '허전함'은 과거의 '충만함'(아버지의 사랑)을 만났을 때 비로소 그 정체를 드러낸다. 화자가 느낀 공허함은 바로 그 순수했던 시절의 사랑이 부재한 데서 오는 그리움이다. "이왕에 핑계 삼아// 행인이 보거나 말거나 그냥 엉엉 울었다"는 이 서정의 완결이다. 시인은 이 눈물이 사이다의 매운 자극 때문이라고 "핑계 삼"는다. 하지만 이는 타인의 시선을 의식하지 않고("행인이 보거나 말거나") 울기 위한 자신을 향한 가장 애틋한 변명이다. "그냥 엉엉 울었다"는 구절은 모든 사회적 체면을 벗어던지고 가장 원초적인 슬픔과 그리움에 몸을 맡기는 카타르시스의 순간을 보여준다.

「회식 후」는 사설시조라는 형식을 통해 한 현대인의 내밀한 서정을 섬세하게 직조해 낸다. 이 사설시조의 깊은 서정성은 '사이다'라는 일상의 사물이 예기치 않게 과거의 가장 순수한 사랑의 기억을 일깨우고, 이를 통해 현재의 고독과 공허함을 위로받는 정화의 과정에서 비롯된다. 화자의 눈물은 단순히 과거를 그리워하는 눈물이 아니라, 팍팍한 현재의 삶(회식 후 귀갓길) 속에서도 여전히 자신을 지탱해 주는 근원적인 사랑(아버지의 웃음)을 확인하는 감동의 눈물이다. 이 사설시조는 그렇게 잊고 살았던 가장 소중한 기억을 길어 올려 메마른 현대인의 영혼을 적시는 '서정의 실록'이다.

변현상 시인은 앞에서 살펴본 것처럼 사설시조의 파격적 형식에만 갇히지 않는다. 그는 사설시조라는 형식의 A부터 Z까지를 모두 꿰뚫고 있는 '마스터'이다. 가장 시끄러운 소리(풍자)와 가장 고요한 침묵(사유), 그리고 가장 뜨거운 눈물(서정)을 하나의 사설시조집 『길어도 좋다』에 담아냄으로써 장르의 외연을 한계 없이 확장한다.

변현상 시인의 풍자와 욕설, 고발이 이토록 강력한 울림을 주는 이유는 그 근원에 '측은지심惻隱之心'이라는 깊은 연민이 자리하고 있기 때문이다. 시인의 분노는 언제나 '높은 곳'을 향하고, 그의 시선은 '낮은 곳'에 머문다.

시인은 "필리핀 하이힐"(「필리핀 하이힐」)을 "작업 신발"로 바꿔 신은 이주 여성의 고단함과 인적 끊긴 시골집의 "치매 앓는 딸"(「까치설날」)의 뒷모습을 주시하고, 인간에게 욕설로 쓰이는 '개'(「58년 개띠가 드리는 말」)의 편에 서서 인간의 오만함을 꾸짖는다. "합법과 불법 사이 외줄 타는"(「측은지심 5 - 바퀴벌레」) 무허가 택시 기사의 절박함도 놓치지 않는다.

찰나를 움켜쥐고 호시탐탐 쏘아보는

돈이 좋아 정말 좋아 합법과 불법 사이 외줄 타는 나날이다 어디 꼭 깜깜해야 어둠이라 말할까 끼니가 입질하면 낚싯줄을 홱 던진다 야시장! 먹자골목! 대학로! 버스터미널! 월척까진 필요 없다 무허가 불법 택시 콱 밟히면 끝장나는 강력 단속 기간인데 이리저리 허둥지둥 달아나

는 네 꼴 보니 얼마나 굶었는지, 합법이란 이름으로 당당
하게 밥 씹는 이, 훑어보면 몇 명일까? 지명수배 시국사범
흉내는 그만 내고
  잘 살펴 영업하거라! 잡히면 불법이니라!
  -「측은지심 5 - 바퀴벌레」 전문

  이 사설시조의 부제는 '바퀴벌레'이다. 바퀴벌레는 통
상적으로 어둡고 음습한 곳에서 '단속'과 '박멸'의 대상
이 되는 존재다. 시인은 "무허가 불법 택시" 기사를 이러
한 사회적 낙인(바퀴벌레)에 빗대어 시작한다. "찰나를 움
켜쥐고 호시탐탐 쏘아보는" 모습, "깜깜해야 어둠"이 아
닌 대낮의 어둠 속에서 "끼니가 입질하면 낚싯줄을 홱 던"
지는 모습은, 생존을 위해 필사적으로 움직이는 존재의
초상이다. 그래서 시인의 시선은 '박멸'이 아닌 '연민'에
머문다. 시인은 그가 "돈이 좋아 정말 좋아"서가 아니라,
"합법과 불법 사이 외줄 타는" 벼랑 끝의 생존을 영위하고
있음을 직시한다. 시인의 연민은 이 사회적 '해충'으로 규
정된 존재에게서 절박한 '인간'의 모습을 발견하는 데서
시작된다.
  시인의 연민은 '단속'의 시선이 아닌 '공감'의 시선으

로 구체화한다. 시인은 그가 "월척까진 필요 없다"라고
말하며, 그의 목적이 탐욕적 축재가 아닌 오직 "끼니"의
해결, 즉 최소한의 생존임을 강조한다. "무허가 불법 택시
콱 밟히면 끝장나는 강력 단속 기간인데 이리저리 허둥
지둥 달아나는 네 꼴 보니 얼마나 굶었는지", 시인은 "허
둥지둥 달아나는" 그의 모습에서 '죄'가 아닌 '굶주림'을
먼저 본다. "얼마나 굶었는지"라는 구절은 그의 불법행위
를 옹호하는 것이 아니라, 그가 그럴 수밖에 없었던 근원
적인 이유에 깊이 공감하는 시인의 마음 표현이다. 이 공
감은 곧바로 '합법'의 이름으로 군림하는 사회 전체를 향
한 날카로운 질문으로 이어진다.

이 사설시조에서 시인의 연민이 가장 깊어지는 지점은
불법적인 개인을 향한 시선을 합법적인 사회 전체로 돌
릴 때이다. "합법이란 이름으로 당당하게 밥 씹는 이, 훑
어보면 몇 명일까?" 이 통렬한 질문은 시인의 연민이 단
순한 동정을 넘어선 '윤리적 성찰'임을 보여준다. 시인은
무허가 택시 기사의 '불법'과, 합법의 탈을 쓰고 자행되는
더 거대한 '불법' 혹은 '부조리' 사이의 경계를 무너뜨린
다. 과연 '합법'의 영역에 있는 자들은 모두 당당할 수 있
는가? 이 질문을 통해, '바퀴벌레'로 낙인찍힌 기사의 불

법은 '합법'의 위선에 비해 차라리 투명하고 절박한 생존 투쟁으로 격상된다. 시인의 연민은 이렇듯 불법의 주체를 비판하는 대신 그를 불법으로 내몬 '합법의 세계'를 고발한다.

종장은 '측은지심'의 완성이다. "지명수배 시국사범 흉내는 그만 내고/ 잘 살펴 영업하거라! 잡히면 불법이니라!"에서의 "시국사범 흉내"라는 표현은 "허둥지둥 달아나는" 그의 모습에 대한 애정 어린 질책이다. 하지만 이내 "잘 살펴 영업하거라!"라는 불법행위를 조장하는 듯한 역설적인 조언이 뒤따른다. 이는 시인이 '법'보다 '밥(생존)'의 편에 서 있음을 명백히 드러내는 구절이다. 종장의 후구後句, "잡히면 불법이니라!"라는 외침은 '그러니 불법을 저지르지 말라'는 도덕적 훈계가 아니다. 이는 '법이란 그런 것이니, 그 법에 걸려 너의 생존이 꺾이지 않도록 부디 조심하라'는 지극히 현실적이고 고통스러운 당부다. 이 마지막 경고 속에 합법과 불법의 경계에서 위태롭게 외줄을 타는 한 생명을 어떻게든 포용하려는 시인의 깊고 아픈 연민이 담겨 있다.

변현상 시인의 이 사설시조집의 풍자는 냉소적인 조롱이 아니라 '뜨거운 연민'에서 비롯된 것이다. 가장 약한

존재에 대한 공감이 강한 자들에 대한 비판의 동력이 된
다. 이 사설시조집이 단순히 '풍자의 칼'에 머물렀다면 뛰
어난 계승작은 될 수 있어도 새로운 경지를 열었다고 보
기는 어려웠을 것이다. 『길어도 좋다』의 문학적 우수성
은 비판의 대상이 되는 이 세상을 살아가는 평범한 존재
들, 그리고 시인 자신을 향한 '연민의 눈'을 동시에 견지
한다는 점에 있다.

  '풍자의 칼'이 사회(밖)를 향한다면, '연민의 눈'은 일상
과 내면(안)을 향한다. 「회식 후」에서 사이다 한 병에 아
버지의 추억을 떠올리며 "그냥 엉엉 울었다"는 고백이나
「내 친구 S - 밥」에서 죽은 친구를 향해 "밥이나 마이 처묵
든지"라고 내뱉는 애증 섞인 그리움은 사설시조가 전통
적인 해학을 넘어 깊은 서정적 울림을 담아낼 수 있는 그
릇임을 증명한다.

8. 현대 사설시조의 방향성 제시

  변현상 시인의 『길어도 좋다』는 현대 사설시조가 나아
가야 할 방향을 명확히 제시하는 '교과서'이자 '선언문'

으로 기능한다.

이 사설시조집은 사설시조가 결코 '박제된 유물'이 아님을 선포한다. 오히려 4대강, 촛불혁명, 이태원 참사, 검찰 공화국, 1인 가구, 이주 노동자 등 21세기 한국 사회의 복잡하고 첨예한 이슈를 담아내는 데 가장 적합하고 탄력적인 양식임을 입증한다.

현대 사설시조가 자칫 '정형에 갇힌 서정'으로 흐르거나 '구호만 남은 비판'으로 치우칠 수 있는 위험을, 변현상 시인은 '풍자의 칼'과 '연민의 눈'이라는 두 축을 통해 완벽히 극복한다. 그는 날카롭게 비판[諷]하되, 그 비판의 근저에는 인간에 대한 연민[憐]이 깔려 있어야 함을 보여준다.

변현상 시인의 『길어도 좋다』는 '풍자의 칼'로 고전 사설시조의 비판 정신을 되살려 시대의 모순을 베고, '연민의 눈'으로 그 칼이 지나간 자리와 소외된 이들의 삶을 껴안으며 사설시조의 서정적 지평을 한층 확장한다. 변현상 시인은 사설시조의 문학사적 정통성을 잇는 동시에 그 한계를 가뿐히 뛰어넘는 비범한 역량을 선보이며, '길어도 좋은' 이 장형시조의 빛나는 미래와 존재 당위를 자신의 역작으로 증명해 낸 사설시조의 선구자라 할 수 있다.

1부

"니는 눈도 밝다!
바람도 다 보이고"

호박

담 밑에 심은 호박 질긴 심줄 굵은 줄기

타고난 천성인 듯 아니면 습관인 듯 무작정 끌어안
고 담장을 올라타고 푸른 일가 이루었다 결혼해도
출산 없는 신혼을 닮았는지 해거리로 썰렁한 감나무
보란 듯이, 여자아이 사내아이 이곳저곳 매달고도 상
위 체위 고수하며 담장을 올라타고 또다시 자식 한
놈 줄기 끝에 매달았다 피임은 처음부터 계획조차
없었는지 호박꽃도 꽃이라고, 큰소리 뻥뻥 치며 새끼
를 잉태한 일 얼마나 대견한지 벙글다 처진 꽃도 오
늘따라 더 예쁜데 생기면 생기는 대로 매달고 보는
푸른 심줄, 줄줄이 달린 새끼들 젖꼭지 빠는 소리가
실바람에 풀리는데

엄마야! 잎사귀 아래 숨겨둔 새끼 또 있다!

잡어

도다리도 있는데 잡어를 주문했다
이것저것 뒤섞여서 나오는 잡어 접시
왜 하필 잡어를 시켜? 쭉 째진 부장의 눈

잡어 잡놈 연관 짓다
웃음 피식 나오는데

부장은 나를 보고 잡놈아! 잡놈아! 하는 거 같다
그럼 넌, 잡놈 회사 직원 그럼 난, 잡놈 사장! 그래도
맛있다며 넙죽넙죽 잘도 마시고 꾹꾹 씹는 초임 과
장 그래그래 너희들도! 부장에게 씹히지만, 부장도
사장 입에 꼭꼭 씹히는 이 바닥이다 부딪히는 모든
일이 잡것이고 잡놈인데 잡어면 또 우야고 도다리면
또 우짤래?*

"사장님 한잔하이소!"

부장 잔을 쑥 내민다

* 윤현자 시조 「광어면 어떻고 도다리면 어떠랴」에서 차운.

사설 신 흥보뎐
−흥보가 형수에게 주걱으로 뺨 맞는 장면

놀보보다 더 악질인 놀보의 놀보 아내

홍보 뺨을 개 뺨 치듯 밥알 붙은 주걱으로 탁탁 때려놓으니, 맞은 자리에 밥알이 붙었거늘 배굶은 홍보가 오른쪽 뺨도 쭉 내밀며

"저으기 형수님 요짝 뺨도 마저 패주슈"

주걱 들고 한 손에는 물컵 든 놀보 아내

그제야 밥풀 묻은 주걱으로 홍보 왼쪽 뺨을 친 걸 알고 제 성깔에 화가 더 나, 고래고래 악악대며, 악다구니 해쌓는다

"야! 너 홍보, 내가 누구?"

"갑질 악질 놀보 아내!"

답 끝나기 무섭게 물 담긴 유리컵을 홍보에게 홱 던진다

"하이고 형수님! 밥풀 묻은 주걱으로 요 뺨을 치랬는데 품위 없게 싸구려 물컵은 왜 던져요! 형수님도

누구처럼 분노 조절 장애인 걸 모르는 바 아니지만, 정말 그건 아니지요! 검찰에 또 불려 가 던졌다 안 던졌다 시시비비 가려볼라요?”

밥알이 묻은 주걱만 눈 빠지게 바라보는 흥보를 바라보니 화가 더 난 놀보 아내

“그랴! 이 주걱을 물로 씻고 더 패줄게!”

“아이고 형수님! 펠 테면 더 패보슈! 이제야 말하지만 저 뒤에 우리 장남 신제품 업그레이드된 폴드폰으로 찍고 있는데”

“뭣이라? 동영상을?”

“요즘은 SNS상에 올리면 끝낫뿌요~ 씨”

생전 처음 하는 거라
– 사망신고

공무원에 합격하고 첫 출근 한 신참내기

변두리 동사무소 점심시간 지키는데, 단정한 상복
차림 아주머니 들어왔다
"사망신고할 건데요"
첫 민원인 대면이라 긴장한 왕초보 왈
"본인이 맞으세요?"
그러자 아주머니 당황하며 되물었다

"본인이 직접 와야만 신고할 수 있는가요?"

어떤 휴가
― 하늘 땅 그리고 별

땅이 별을 데리고 해외로 피접 간 뒤

숨었던 사막들이 제 모습 드러냈다, 땅 없이 홀로
보낸 긴 휴가는 메말랐다, 이렇게 많은 사막이 집 안
에 있었다니, 하늘이 땅 없이는 그냥 공허하다는 걸,
별빛이 눈부셔야 밤하늘이 된다는 걸, 보잘것없던 내
공간이 우주란 걸 안 아침, 윤활유가 바싹 말라 끽 끽
소리가 나고

거울 속 작은 평야에 손돌바람 일고 있다

지 말이 틀린 기 있어요?

덮어놓고 놓다 보마 거지꼴 못 면한데이!

그때는 참말로 만다꼬 그캤는지, 하기야 이래 될 줄 그때는 알았겠나, 배고픈 보릿고개 무울 끼 없다 카미, 비만 오면 일 안 하고 집구석에 있음시로 얼라를 맹그는 기, 그때는 일이어서, 지가 무울 꺼는 다 갖고 나온다꼬 낳고 낳고 낳다 보이

한 집에 칠팔 남매는 수두룩 흔했지요

묵고사는 걱정들이

없는 시절 되었으이

인자는 겔혼하마 내 모가치 낳아야지 고로코롬 생각하고 한 집에 마이 말고 둘씩만 낳앗뿌마 얼매나 안 좋겠나, 분위기 좋다 카마 서이도 더 괜찮코, 분위기가 더 좋으마 너이까지 더 더 좋코, 덮어놓고 놓는 것이 인자는 애국인데, 높은 벼슬 하시면서 강새이

끌어안고 셀카 팍팍 찍어봐야, 그래봤자 개폼인데 그
라이 인자 말캉 먼 데 앞날 처다보고 골목마다 얼라
들이 북적북적할 때까지, 얼라 푹푹 낳아보게 세금으
로 팍팍 미는 수완 좀 부려보소! 지 말이 오데 틀린
기 있어요?

삐끼가 고마 영 안 노마
참말로 우짤 낀데!

강아지 엄마, 아빠

고향 친구 사위 놈이 병원 개원했다기에

구경이나 할까 하고 쫄쫄 따라갔더니만 사람 병원이 아니고 강아지 병원이라 가끔 짖어대는 강아지를 끌어안고 진료 차례 기다리는 젊은 남녀 바라보며 멀거니 대기실에 죽치고 앉았는데 친구 사위 나오더니 "아버님 오셨어요? 제가 지금 많이 바빠…" 고개 꾸벅 인사하곤 곧바로 호명한다 "뭉치 아버님 진료실로 바로 들어오세요!"

"다음엔 또리 어머님 준비하시면 됩니다!"

길어도 좋다

어쩌자고 만났는지 생각하기 십상인데

한평생을 살면서 손 한번 못 잡고 남들은 다 하는, 몸 한번 섞지 못하고 살아가는 연정이다 지척에 딱 그만큼 놔두고 보는 사랑, 가까워지지 않고 그렇다고 토라져서, 멀찌감치 떨어지는, 그런 마음 없는 순정, 그래서 애가 타고 더욱더 가까운데, 진정 사랑 모르면서 좋다고 끌어안고 딸 낳고 아들 낳고 한평생을 붙어 살다 황혼에 이혼하고 뒤돌아서 후회하는 그런 사랑 뭔 대순가? 곁눈질하지 않고 비가 오나 눈이 오나 변치 않은 애정인데 길어도 너무 길다 안타깝다 참 안됐다 언제쯤 헤어질래? 그런 말씀 하지 마라! 철로라 뭐라고 해도 종착역 지나서도 간격을 유지하는 성스러운 사랑이라!

둘이서 같이 가는 길 길어도 좋다, 참 좋다!

요새 같으마 콩밥 묵지

오래된 MBC 라디오 자갈치 아지매 이야긴데

짜장면 한 그릇에 이천오백 원 할 때라 일 톤 트럭 과일 장수 부부가 있었는데 허연 백차 앞에서 불법 유턴 신호위반 사정없이 딱 걸렸어! 우짤 끼고 "쫌 봐주이소" 그 말밖에 못 하는데 마침 때는 점심때 경찰 두 명 하는 말이 "마! 짜장멘 두 그릇 값만 주고 퍼뜩 가소!" 그 말 들은 과일 장수 오천 원짜리 지폐 없어, 만 원짜리를 줘버렸지, 그 사정을 모르는 경찰 누가 볼까 차문 닫곤 얼른 자리 떠나는데 오천 원을 더 준 부부 경찰 백차 따라가며 스피커로 막 불렀대! "보이소! 앞에 가는 백차요! 오천 원 잔돈 주고 가소!" 스피커 방송 못 들은 경찰 안 멈추고 막 가는데 쫄쫄 뒤따라가며 "앞에 가는 백차요! 오천 원 잔돈 주고 가소! 앞에 가는 백차요! 오천 원 잔돈 주고 가소!" 아니, 이게 코미디도 이런 코미디 없는 거라!

킥킥킥

요새 같으마
콩밥 먹고도 잔돈이 남지!

폭염 사설

푹푹 삶는 폭염이 연일 맹위 떨치는데

마을회관 선풍기도 고장 난 지 이미 오래, 연신 등목 쳐보지만, 찬 우물도 미지근해 냉장고 찬물 꺼내 벌컥벌컥 마시다가 회관 옆 정자나무 그늘로 피난해서 부채 하나 달랑 들고 펄펄 끓는 무더위와 용감하게 맞짱 뜨다 도저히 못 살겠다! 앞발 뒷발 다 들었는데, 돈만 아는 통 구두쇠 지독한 배씨 영감, 국밥 사면 시원한 곳 데리고 간단 친구 말에, 읍내 시내 은행 건물 졸졸 따라 들렀겠다,

"아따 야 션하네! 우째 이리 션하노?"

"에콘을 틀어놔서 이리 션한 거라!"

"뭐, 에콘! 에콘이 뭐꼬?"

"니는 아직 에콘도 모르나?"

"억수로 비싼갑따? 전기세도 마이 들 끼고"

연일 폭염주의보라 나이 많은 어르신들 위험할 수

있다는데 은행 볼일 영 없어도 노인 위해 열어놓는 그런 은행인 곳이라 폭염 피해 찾아오신 늙으신 노인들이 조용히 계셨다가 가면 참으로 좋으련만… 날카로운 아가씨가 눈총 자꾸 쏘아댄다

"시끄럽따! 공짠 기라"
"머? 공짜라꼬? 맨날 돈을 만지싸이 돈이 많긴 많은갑따!"
"쉬~이, 시끄럽따!"

곱고 젊은 아가씨가 일을 보러 들어오자

"덥끼는 더번갑따! 얼굴이 익엇뿟네!"
"근데 아무리 더버도 옷을 저리 훌러덩 다 벗고 댕깃뿌마…"
"거 입 쫌 다물거라! 쫓겨나기 싫으면"

쉼 없이 말하는 배씨 영감이 눈치 보여 할 수 없이
화장실로 이동하는 박씨 영감

“거 쫌 그 주딩이 잉가이 씨부리라, 저 밖 불볕에
나가 새까맣게 타고 싶나?”
“오냐 오냐 알았다! 그란데 덥다 덥다 하다 보이
통시에도 에콘을 틀고”
“하이고 니 눈까리는 독감이 걸릿뿟나! 통시에 튼
기 아이고 천장에서 차분 바람이 씽씽 나오는 거 안
보이나?”

“니는 눈도 밝다! 바람도 다 보이고…,

그란데 억수로 비싸제? 울 집에도 달앗뿌까?”

2부

"주문
피청구인 욱가마리를 파면한다!"

인자 그마 바까라!

참 얄궂다 그쟈, 저 질이 머라꼬 카드나

  와 자꾸 파서 바꾸노? 쪼매 발에 익을라 카마 아파
트값 떨어진다꼬 동네가 촌시럽다꼬… 차 댕기는 차
도도 아이고 가마이 있는 인도가 홍어 좆으로 보이
나 이짝 말 듣고 저짝 말 듣고 이거는 뭐, 줏때도 없
고 한 분도 아이고 어떤 데는 두 분이나 바까쌋코, 한
분 바꿀라 카마 세그미 억수로 든다꼬 모도 다 그캐
쌋튼데,

  글마들 손가락만 대마 꾸룽내가 솔솔 나이

함 비주까?

함 볼래! 좋은 거 너거 몰래 꿍차났는데

머시라꼬 개안타고? 안 봐도 비디오라고, 하이고 야 웃긴데이 점쟁이 사는 핀한 데로 이사로 했다 카더마 고마 도사 됐는가 베? 그래도 안 글타 인간이 인간이라 겡우가 있는 기라, 아있나 내 나가 낼모레마 일흔인데, 나 많은 어른들이 한마디 한다 카마, 듣기 싫다 카지 말고 함 들어보는 기라, 진짜로 남는 것이 항 개도 없다 캐도

살모시 웃어주면서 들어주마 안 좋나 그쟈!

내 솔직히 물어보자 궁금한 기 진짜 없나?

머시라 해보락꼬! 마 기양! 해보락꼬? 그런데 머시 우째 억지로 고개 숙어 절 받는 거맨치로 기분이 쪼매 글타, 찜찜하이 문디같이!

그런데 그건 그기고 벌써로 까묵었나?

시퍼렇든 5공 시절 마구 잡아 처넣어 갖고

　두드려 패고 직이던 그 시절 그 독재를, 세상이 좋
다 하이 진짜로 좋아졌나? 짜다라시 배운 것 없는 나
많은 내 눈깔로 쭉 바도 잘된 것은, 한 개도 안 뵈는
데 천날맨날 공정하다 차별 없따 그래싸도, 모두 다
멀쩡하게 눈뜬소경 되어갖고 바른 소리 하는 인간
하나도 안 보이이, 맹물 묵다 목구멍이 꽉 막힌 거맨
치로, 기양 속이 갑갑한 기 확 올릴 거 같은데

　그것도 왕꼽빼기로 큰 대야에 한그석

　그래서
　꿍차놓은 게
　퍼떡 생각이 나데

　좋다는 기, 딴기 아이고 그 춥던 겨울 오돌오돌 떨
면서까지, 아고 어른이고 할 거 없이 모두 나와, 모가

지 핏대 올리며, 괌지르며 불 밝힌 거, 그거 있다 아이가, 혁명이라 그라면서, 이까지 이바구해도 진짜로 모르겠나?

　비주까
　까묵고 있는 거
　너거들 꺼

　꺼자난 촛불!

내 친구 M

괄시받고 떠도는 똥개 새끼 한 마리를
착하다고 믿으면서 데려와 먹이 주며 알뜰살뜰 챙
겨 키워, 자식으로 생각을 한 친구가 있었다네 그런
데 이 강아지 무럭무럭 자라면서 이쁜 짓을 곧잘 하
여 제법 정도 주었는데
몸집이 점점 크더니 외박 슬슬 하는 거다

그러다가 하루이틀 슬금슬금 눈치 보며
급기야 제 밥그릇 홱 뒤집어 놓더니만 키워준 그
은혜를 헌신짝 내던지듯 친구와 등을 지고 귀가하지
않는 거라, 처음에는 집 주변만 빙빙 돌아다니길래
한두 달 지난 뒤엔 제 발로 나간 집을 다시 찾아오겠
거니 그리 생각했었는데 시간이 흘러가도 영영 귀가
하지 않는 거라, 그러다 어디 가서 잘 있을 거라고 했
었는데 마을 사람들 이야기가 친구와 길이 달라 견
원지간 앙숙이 된, 길 건너 박보수 씨氏네 단독주택

집 근처를, 그 집안 패거리들과 배회하는 걸 보았다는 소문도 들려오고, 용하다고 소문난 무당 점집 주변에서 보았다는 풍문도 들려와서 이놈이 신기가 들어, 신내림을 작정하고, 무당 점집 한쪽에서 백일기도 들었겠지 그렇게 생각하다, 그러다 도는 멀고 속세는 가깝다는, 어느 절 하산을 한, 파계승의 명언(?)을, 갑자기 떠올리곤, 자기 자신 한 치 앞도 까맣게 모르면서, 남의 운을 점친다는 게 턱도 없는 것이란 걸 깨달을 수 있겠거니, 친구는 또 그렇게 혹시나 기대하고, 무당집 주변으로 슬쩍 찾아갔더랬지, 멀찌감치 떨어져서 바라보는 놈을 보고 친구는 반가워서 오라 손짓을 했대, 아, 글쎄 못된 똥개, 친구를 보더니만 으르렁대며 달려와서 팔이며 바짓가랑이를 그냥 물어뜯는데 깜짝 놀란 내 친구는 그냥 넋이 다 빠지고 하늘이 노랗더래, 천하에 의리 없는 늑대가 된 그 똥개를 물끄러미 바라보며 뒤늦게 깨달음 얻은

친구가 하는 말은

"똥개는 개가 아니네, 두드려 패야 하는 개네"

모자를 쓴다는 건

머리 보호 맵시를 위해 모자는 쓰는 건데

그것도 육체 중에 가장 높은 머리 위에, 추울 땐 방한모자, 시원해지자 밀짚모자, 계급장 단 군인 모자, 눈으론 보기 힘든 권력형 감투 모자, 하여 감툴 쓴다는 건

무거운 무쇠 덩이를 대표로 지는 것이거늘

제멋대로 날아가는 위태한 비행이다

좌우 양쪽 날개에는 정밀해서 성능 좋다 검찰형 제트엔진 싹 바꾸어 달았는데 고도와 항로를 수시로 이탈한다, 탑승객 오천만의 길고 짧은 비명들을 난기류와 제트기류 소음으로 치부하며, 겉으로는 참 힘들다, 하늘이 내려주는 천근의 무게라며, 민심이 천심이란 그 말뜻을 뭉개면서, 괴롭히며 따지다가 반쯤 죽게 만드는 게 조종 이력 전부인데 무작정 밀어붙이는 불도저 성격인데 회항이나 비상착륙 애초부터

계획 없는 무계획이 계획이다, 목적지 공항까지 절반
더 남았는데
　무자격 기장의 조종, 비행 금지 구역이다

※ 참고: 비행 금지 구역인 걸 알면서 그 구역을 비행하던 조종사가
2024년 12월 3일 밤 조종간을 뒤로 잘못 당겨 기체가 비상착륙을 하
였으나 다행스럽게도 비행기와 탑승객은 모두 무사했음!

섭리_{攝理}
-그 이후

섭리攝理
-그 이후

얼척없는 이바구를 함 해주께 들어바라!

오륙도 앞 외항에 억수로 큰 외항선에 큰불이 난 기라 와 불이 났는지 그 원인은 몰겠꼬 배에는 금개가 실렸다꼬 카넝 거라 그란데 금개가 보통 금개는 아이고 금맥끼로 맹글은 가짜배기 밀수 금갠데, 타고 있는 선원들은 가짜인지 진짜인지 암것또 모르고, 금개가 억수로 실리 있다 카는 것만 알고 그 금개가 아까바서 탈출을 모 하는 기라, 그기 와아 그렇나 하마? 밀수가 성공하마, 저거뜰에게도 콩고물이 쪼깨씩 떨카지거든, 고기이 탐나고 아까바서 불을 함 꺼볼라꼬 탈출도 안 하고 생난리를 다 쳤는데, 그게 인력으로 되냐꼬? 절대로 안 되거든 불이 숩게 꺼진다 하마 그것슬 화재라꼬 우에 말할 끼고? 그건 그냥 쪼맨 모닥불이제? 그래갖고 무식하게 끝까지 버티다가 결국은 탈출 시간 말캉 다 놓치삐고 불쌍히 불타 죽은 선원

도 많타꼬 소문이 짜악 깔린 그카는 이바군데

주거도 안 되는 거슨 하늘이 정한 이친 기라!

태양은 죽지 않는다

고비사막 언덕에서 모래를 생각한다

어울림이 전혀 없는 알갱이 저 유전자, 뭉쳐서 덩
어리로 만드는 게 쉽지 않다, 그릇에 퍼 담거나 손으
로 움켜쥐어도, 섞임을 허락 않는 물과 기름 닮은 성
격, 언덕을 만들어서 몸집 크게 보이도록 쌓아 올린
모래는 목도리도마뱀이 목 주위를 부풀려서 적에게
겁을 주듯, 모래알이 슬쩍 배워 써먹는 위장 전술, 흩
어지는 성격들이 사막으로 모인 것은, 자폐 됨을 추
구하는 삿된 개인주의자인 걸 교묘하게 숨기거나 어
우러져 함께하려는 마음이 없다는 걸 감추려고 한
짓이다, 좋게 보면 단순하고 풀어 보면 고집불통, 함
께함은 아예 없어 별 뜻 없이 살아가던 빠르지 않은
늦바람이, 노대바람 이름으로 바람 본색 드러내면,
모래알도 얼씨구나! 그 힘을 슬쩍 빌려, 모래폭풍 현
수막 달고 온통 사막 뒤엎어서 햇볕을 가리면서 태

양에게 대들지만, 구년묵이 생둥이가 만무방 가살꾼
의 헛염불만 따라 했다가 건공잡이 맷가마리로 날파
람 신세가 되듯 모래는 모래일 뿐

　　태양은 죽지 않는다 햇볕 한 번 가렸다고

아, C8! 춤 한번 추자고요!

비가 오길 기다리며 갈라 터진 논배미들

덴 가슴을 품고 사는 쥐코조리 아닌데도 답답한 놈
샘 판다고 지난 시월 시작해서 올 삼월 열흘인데 똑
바른 심지들이 주말마다 광장에 모여 기우제를 지냈
지요
"주문 피청구인 욕가마리를 파면한다!"
그토록 기다려왔던 단비가 퍼붓는데요, 농번기도
아닌데 촛불 밝혀 기도했던 하늘만 쳐다보고 오매불
망 기도하던 갈라 터진 논배미가 빙그레 웃고 있는데

"아, C8! 너무 좋네요! 춤 한번 추자고요!"

형광 혁명

어둠이 막은 길을 형형색색 밝히면서

손과 손을 마주 잡고 거짓으로 쌓아놓은 험한 산을
바라보며, 소중한 책과 강의, 따뜻한 데이트를 형광
과 맞바꾸며 흔들리는 음악과, 한 잔씩 나누며 마셔
보는 커피 맛의 그 진한 그 의미와 폭발한 젊은 화
산! 뜨거움을 어찌하랴! 썩어빠진 동아줄을 종교인
양 끌어안고 오가지도 못하게끔 철조망 벽 세우고
발걸음을 묶어놓고 오만하게 기도하는 고집불통 외
통수의 산을 넘고 벽을 부숴

그토록 부르짖었던 푸른 땅을 되찾았다

그대에게 묻고 싶다!

정말로 살렸는지, 아니면 죽였는지?

놔두면 흘러가고 흘러가며 잘 살 건데 사람이 뭣이
길래 살린다며 구속을 하나, 죽지도 않은 몸을 수술
로 다 망쳤어! 둥둥 뜨는 물고기는 누구를 원망하며
냄새나는 저 똥물은 홍수가 나야 씻기니 시대를 잘
못 만나 저 강이 욕을 보네, 낙동강 위천 둑방 펄펄
살아 흘러가는, 저 강물이 푹푹 썩어 독극물로 되돌
아와, 살생수水로 변장하여 우리 모두 죽일 것을 미
리 알고 계신 스님*, 아~ 푸른 강물을 보며 가부좌로
합장한 채 소신공양을 하신 스님

또 누구 죽은 강을 위해 소신공양하겠는가!

* 경북 군위군 지보사의 문수 스님이 2010년 5월 31일 낙동강 지류
인 위천 둑방에서 이명박 정권의 4대강 사업에 반대하며 세납 48세
법납 24년으로 소신공양하였다.

까치설날

달포 전
세상을 떠난
평산댁 살던 집 뜰

떡국은 먹지 않고 나이만 먹으려나 인적도 말문을
닫은 감나무 긴 우듬지 평산 양반 구급차로 요양병
원 이주한 후 폐렴 걸린 CCTV 카메라도 이미 임종
지난밤 싸락눈 내려 한약 냄새 도는데 양자 같은 아
들 부부 동남아로 골프 여행 무시로 울던 까치 오늘
따라 출장인가

옆 마을
치매 앓는 딸
슬쩍 오더니 그냥 간다

3부

"잡히면 불법이니라!"

편파 혹은 편 가르기

그런데 너희들은 정말로 알고 있니

바보상자 팔아먹고 비루하게 살아가는 상인이라
말하지만, 최하위급 장사치지, 퇴고가 되지 않은 사
설 꼬리 매만지며 벌어진 문틈으로 쏟아지는 햇빛을
보고 감탄사와 충고와 엉터리 훈수 늘어놓는 너희들
의 이름을 치매 걸린 앵무새, 혹은 조현병 걸린 비디
오테이프라 과감하게 명하겠어!

초긴급 속보랍시고 뉴스라고 내보낸 것

할 테면 얼마든지 하셔도 괜찮겠어!

아무리 돌려 봐도 퇴고 안 한 작품이잖아 정말 이
거 왜 이래? 당신뿐만 아니라 내 딸도 이십구 년간
속 썩인 적 없었는데, 낮잠 자다 거실 탁자 다리 긁는
그 소리는 이젠 정말 그만 좀 해! 시절이 아무리 수
상타 해도 헛것 보고 굿을 하는 굿판은 안 펼쳐야지,
어떻게 뱀의 꼬린데 승천할 수 있겠나?

큰 예배

먹다!와 안 먹다!가
어찌 인간의 의지인가

먹는다는 그 행위는 자연의 명령이고, 왕이나 평민
이나 아이나 어른이나, 지상의 살아 있는 생명이 지
켜야 하는 거룩한 계명인 것, 단식이란 알고 보면 죄
를 짓는 행위지, 태초에 하나님이 흙으로 인간 만드
시고, 심고 기르고 열리는 것들을 먹고 살아라 명하
셨지, 단식투쟁 안 했으면 좋겠다는 그 말이지, 처음
부터 원죄를 지고 살아가는 우리지만 먹는다는 그
행위는 알고 보면 더 크고 성스러운 순종하는 큰 예
배라, 그러니 제사장들이여!

저들이
밥을 먹도록
솔선수범
행行하시라!

보험금 지급을 미루는 보험사에 든 거같이

이번에 또 취직했네!
사 년 보험 또 들었네!

좋겠다! 철밥통 직장 부도 없는 회사이며 임금 떼
일 일 없는 직장, 제멋대로 휴가 가고 끗발 또한 안하
무적, 헛소리로 공갈치다 아니면 말고, 그뿐이랴! 면
피하는 책을 받아 읽다가 그만둬도, 저들끼리 트집
잡고 소리치다 흐지부지, 무능한 일꾼들이 방탄조끼
왜 입었어! 나태하고 게을러서 출근 도장 안 찍는데,
보험금 잘 안 주는 보험사에 든 거같이

세비歲費*랑 명절 상여금
애 좀 타게 늦게 줘라!

* 국회의원의 직무 활동과 품위 유지를 위해 지급하는 보수.

대통령 DJ

아파트 진입로의 넓고 큰 다리였다

　민주 그룹 건설사가 휘청대며 공사를 한, 자유와
정의가 함께 섞여 살기 좋은 평등한 아파트를 짓기
위해 놓인 다리, 철근과 모래 자갈 엄청난 자재들을
실어 나른 차량을 절뚝이며 떠받친 너무나 큰 튼튼
다리, 비만 오면 떠내려갈 걱정으로 잠 못 들던 불법
탈법 질펵대는 시냇가의 감탕길을, 오로지 독재 타도
스스로 다릿발이 돼, 억압하며 휘두르는 서슬 퍼런
시와 시론, 오로지 평화 평등 민주주의 행복을 위해
입술 꼭 앙다물며 끝까지 버틴 다리, 대한민국이라는
명품 작품 아파트를, 창작하게 했던 다리, 겹쳐 묶은
몸 밖 몸 안, 결박을 스스로 풀고, 힘들어도 서로 돕
고 끌어안고 살아가는 아파트가 되기를 기도했던 저
큰 다리, 아직도 입주민은 밟고 다녀도 다릴 모른다

　몰라도 너무 모른다 다리를 너무 모른다

사포도청 私捕盜廳

마음에
안 드는 놈
조직에 해로운 놈

모이 먹여 키워봤자 수탉이라 손해라고 해가 뜨고
해가 지고 다시 또 뜰 때까지 붙잡아다 앉혀놓고 이
메일 훔쳐보고 핸드폰 열어보고 으름장에 공갈치다
정의라는 이름으로 죽지부터 항문까지 홀랑 까고 뒤
집어서 하얀 놈도 시커멓게 죄 없는 놈 죄 만들고 통
화 내용 조작하고 맘대로 화인 찍고 입맛대로 숨아
내는 파벽돌 한 쪽 없이 다층으로 지어버린 잡탕집
에 잡혀 오면 암놈도 수평아리…

부화장
감별사 손이
저승사자 칼이다

임플란트를 위한 발치

끝까지 함께하자 그 약속을 지우는 날
통증으로 지새운 숱한 날을 되뇌면서
그 질긴 뜬소문들이 오늘에야 사실인 것을

누군들 까닭이 없는 헤어짐이 있을까만
풍치를 향한 그 믿음 이미 들켜버렸나니, 더는 생각도 없어 마음만 허전한데 못 버리는 허전함은 미련을 또 낳았고, 그 미련은 통증을 낳고 그 통증은 아픔을 낳고 그 아픔은 눈물을 낳고 그 눈물은 상처를 낳고 또 그 상처는 흔적을 낳겠지만 더는 어쩌겠어? 남편도 탄핵당하는 서슬 퍼런 세상인데 뼈로 뼈 만든* 일을, 왜 나만 몰랐는지 시대가 변했으므로 파혼하기로 한다
잘 가라 썩은 적폐여! 그동안 고마웠다네!

* 창세기 2장 22절에서 차운.

그림자

선택받지 못할 걸 이미 알고 있었는데

세자가 아니어서 임금이 안 되는걸, 수양*의 마음을 가져 확 뒤집어 볼까 했다, 있으라 하니 있었다는 그 빛**도 아니어서, 왕의 빽 전혀 없는 후궁의 소생이라, 앞서는 서문序文의 자리 볼 적마다 씁쓸했어! 왕 DNA 가졌다는 공문도 못 보내며, 맘대로 못 다니고 따라가는 신세이니, 대원군 홍선이 되어 섭정까지 생각했었지! 똑같은 피조물로 같은 시時에 같이 생겨, 처음부터 싹 다 비운 부처, 예수 동급이나, 공인된 인증서 없어 어둠 속에만 은거하지, 실체가 없는 이 몸 눈으로만 나를 찾게, 빛이 있는 자리에는 늘 함께할 것이니

하여 꼭 보고 싶거든 불만 환히 밝히시게

* 수양대군.
** 창세기 1장 3절에서 차운.

이게 바로 미치고 환장할 일*

팔고 사고 하는 일은
장사치가 하는 일,

재판이 어디 사고파는 물건인가? 십삼 년을 기다
리다 몇몇은 이승을 이미 훌쩍 떠나가고, 왜놈 나라
안 믿어도 우리나라는 믿었는데, 왜놈 판사 안 믿어
도 우리 판사 믿었는데, 왜놈 수상 안 믿어도 우리 대
통령은 믿었는데, 왜놈들 법, 부처, 예수, 모조리 안
믿어도, 우리 법은 믿었는데,

허, 거참!
재판을 거래했다니 철석같이 믿었는데

* 2005년 이춘식, 여운택, 김규수, 신천수 씨 4명이 일제 강제 노역
손해배상청구소송을 낸 지 13년 만인 2018년 10월에 대법원에서 승
소 판결을 받았다. 재판이 오래 걸리는 동안 고령으로 세 명이 작고
하고 이춘식 씨 혼자만 생존했다. 시간이 많이 지체된 이유는 사법
부와 행정부(일본과의 우호 관계가 훼손된다는 이유로 판결을 미루어달라
는 민족자존은 던져버린 전임 행정부의 요청) 간의 거래로 계속 판결을
미룬 때문이었다.

바보들

부족한 부스러기를 철새가 와 먹어도

텃새는 설마 했다 같은 새였으므로 바보같이, '우
리가 남이가' 하며 눈감아 줬다 바보같이, 계절 따라
떠나가는 주소지 없는 철새인 걸 몰랐다 바보같이,
철새의 생존법을 몰랐었다 바보같이, 부리로 쪼지 않
고 꿀꺽꿀꺽하는 것을 눈치채지 못했다 바보같이, 온
누리를 공유하는 동족으로만 생각하고 살았다 바보
같이, 굶주림의 까닭까지 생각하지 않았다 바보같이,
오직 그들만을 위하여 존재하는 무리인 걸 어렴풋이
짐작해도 꾹 참았다 바보같이, '우리가 남이가' 하며
참을 만했으므로 저항하려 하지 않고 오히려 꼭 껴
안았다 바보같이, 풍요롭고 행복하다는 그들의 얼렁
수에 바보가 되었다

졸보기 데림추들이 '우리가 남이가' 하며

측은지심 4
- 오래된 압화押花

볼모로 갇혀버린 눈부셨던 이념인가

　오래 묶인 결박을 풀고 부스스 눈을 뜬다, 누구는 좌左이고 또 누군 우右였는가 시간이 시간을 메고 몇 바퀴를 돌았는지 그날 그때 그 자리는 간 곳을 모르겠고 두고 온 옛 동지들 뿔뿔이 흩어졌네! 죄도 없이 죄인 되는 사상의 희생양이면 차라리 환하게 눈 감으며 죽었겠다 앞선 것이 유죄라는 너희들의 그 잘못을 이제야 수긍하는 벌레만도 못한 짓을 다시는 하지 말아라!

　낯익은 착한 간수가 손 꽉 잡자 부서진다

측은지심 5
─바퀴벌레

찰나를 움켜쥐고 호시탐탐 쏘아보는

돈이 좋아 정말 좋아 합법과 불법 사이 외줄 타는
나날이다 어디 꼭 깜깜해야 어둠이라 말할까 끼니가
입질하면 낚싯줄을 홱 던진다 야시장! 먹자골목! 대
학로! 버스 터미널! 월척까진 필요 없다 무허가 불법
택시 콱 밟히면 끝장나는 강력 단속 기간인데 이리
저리 허둥지둥 달아나는 네 꼴 보니 얼마나 굶었는
지, 합법이란 이름으로 당당하게 밥 씹는 이, 훑어보
면 몇 명일까? 지명수배 시국사범 흉내는 그만 내고
잘 살펴 영업하거라! 잡히면 불법이니라!

오류 정정

입이 두 개라 해도 말은 바로 하랬는데

고구려를 세운 이는 주몽이 아니라네 신라를 세운 이는 박혁거세 아니라네 백제를 세운 이는 온조왕이 아니라네 삼국을 통일한 이 김유신이 아니라네 고려를 건국한 이는 왕건이 아니라네 조선의 문을 연 이는 이성계가 아니라네 하여, 거친 황산벌 결사 전투하기 전에 계백 장군 식솔들이 깡그리 다 죽었었고, 오천 명 결사대가 계백과 함께 죽었지만, 그 잘난 의자왕은 끝까지 살았었지, 관창은 죽었지만, 김유신은 살았었고, 임진왜란 그 긴 전쟁 왜적을 물리친 건 왕이 아니라 백성이지, 끝까지 싸운 이는 농사짓던 농부였고 고기 잡던 어부였지 차가운 식민지 땅 삼십육 년 견딘 이는 왕족인가? 권력인가? 또다시 되묻노니 갈라진 반도 땅을 지키는 이 또 누군가?

꾼들은 아니었다네! 오로지 들풀[民草]이라

4부

"밥 마이 처묵드마
돼지가 됏뿌렀네!"

가을 기행
–홍류동紅流洞

밤새도록 골 흔들던 가야산 바람 소리

내 짧은 걸음걸이로 휘적휘적 따라붙다, 오래 묵어
검버섯 핀 농산정籠山亭 지붕 아래 시나브로 떨어지는
단풍잎의 막춤사위, 낙화담落花潭 붉은 홍옥은 누가
와서 건져 가나, 산 첩첩, 물 첩첩, 바위 첩첩, 첩석대
疊石臺라 쌓인 것을 다 지우고 너럭바위 바라보면 시
오리 흐르는 물이 미리 갈 길 말하지만

아직도 다 못 비운 앙금 내겐 수북이 남아 있다

치아 교정술 생각

가)

가지런히 꽂혀 있는 도서관 책장이다

군데군데 책을 빼낸 발치가 된 빈자리가 얼마나 시
원한지 딱딱한 독재에 항거하는 몸짓으로 삐딱하니
기대고 선 자유로운 책의 자세

황홀한 민주투사로 겁 없이 눈에 오네!

나)

새하얀 제복으로

직선을 숭배하는

갑판 위에 늘어선 딱딱한 해군처럼, 알고도 모르는
척하는 아, 아 가여운 부동자세들, 가지런한 저 독재
들, 무자비한 철사로 자유를 결박하는 폭력의 교정
악법,

탈출을 해야만 한다!

가지런함을 벗어나라!

폭염을 바라보며

열기를 식히려고 바람 앞에 앉은 시간

초침까지 달아올라 호흡까지 힘겨운데, 낮술에 불
콰한 저들을 어떡하니, 삼겹살을 올려놓은 남북극의
프라이팬, 뒤집어야 하는데 빙하가 다 녹는데

아무도 관심이 없다 타는 냄새 나는데

유치 뽑다

확 뽑아야 열리는 또 다른 문이 있다

손안의 스마트폰 삼차원 애니메이션 일곱 살 당금 아기 액정 화면 꾹 밟는다, 새로 오는 웃음보다 버리는 통증이 커 7단도 오르기 전 8단을 넘어버린 구구단 게임 월반한 다스림도 경쾌하다 무릎 꿇고 기도하는 실루엣 그림자 끝 흔들림이 많을수록 꽁꽁 묶어 해치우자,

알라차 세상 쇠빗장 거뜬하게 뽑고 있다

옥상에서의 이틀

층층마다 토해내던 시끌벅적 튀김 냄새

없어도 좋고, 있어도 좋은, 추석 전날 옥상에서 후
각의 뒷모습이 해고되길 바랐는데, 토실한 정규직과
살 빠진 비정규직, 수당의 긴 그 목록 슬그머니 되짚
으며, 눈초리 내리깔던 꼭두쇠를 생각한다, 외줄 타
던 전화벨도 귀성하고 말았는가, 쉼 없이 굴러가는
돈의 바퀴에 깔린, 옹골찬 패륜아들 발김쟁이 될까
보다, 굳이 몸을 다 바쳐도 아무도 웃지 않는 비망록
과 동정심까지 기록조차 전혀 없는 이곳은 낭떠러지,

햇볕이 날치기당한 구름이 막은 한가위다

만월滿月에게

그댄 가까우면서 참 멀기도 하다
시간의 보폭하고 똑같이 걸어가는… 맨 처음 엄마
들의 젊은 날 환한 밤의 로맨스였던 환한 당신, 엄마
의 어머니가 엄말 낳고, 그 어머닌 또다시 그 엄마의
어머니가 낳았으니, 숨 가쁜 산복도로가 오늘따라 눈
부시네! 하염없이 양팔 벌려 껴안고 울고 싶은 다가
갈 수 없는 동쪽 서쪽에서 바라보듯
그대는 가까우면서 넘, 넘, 멀기도 하다

부석사 무량수전

뱃속에 꽉 찬 것이 물이라고 말하지만
절집 향해 오르는 길 은근히 힘드시죠? 남몰래 꿀
꺽 삼킨 것 그게 모두 물이겠어요? 앞으로는 밥을 먹
고, 뒤로 칼을 뺄는 세상, 서 있는 석탑이나 입 꽉 다
문 석등처럼 삼켜서 가벼워지는 그만큼이 무게겠죠,
배흘림기둥 있잖아요? 불룩한 배 알고 보면 다 비운
자세래요
바위도 속을 다 비워 공중 부양 하잖아요

달무리에 대한 예의

징표가 구속이고 사슬이면 또 어떤가?

흐릿한 보름밤에 가락지 낀 달이 떴다 시공時空이
생기면서 맺은 징표 저 달무리, 다시 한번 눈 비비고
뚫어져라 바라보는, 지구를 빙빙 돌며 흘려보낸 수십
억 년, 주변을 못 떠나는 차라리 순례였다, 금을 긋고
스러지는 별똥별 같은 이생에서, 무를 토막 내듯 너
무 쉬이 결별하는 우리의 자화상은 얼마나 가소롭나,
금가락지면 어떻고 은가락지면 또 어떤가? 차면 기
울었다 다시 솟을 그 마음에

나 또한 예를 표하며 손 모아도 괜찮을까

둥글둥글

평크 난 타이어를 발로 툭툭 차다가도

둥글다는 외모로 둥글둥글 살아가는, 이렇게 어진 놈이 또 있을까 싶다가도, 바람 먹고 부푼 몸이 힘이 센 척 구르다가, 못에 찔려 난 못 가네, 주저앉는 순진한 놈, 가자 하면 가자는 대로 참 불쌍타 하다가도, 하여, 그냥 기억 없다 상습적인 억지 보며, 좋은 게 좋다 하며 두루뭉술 넘어가는, 세상은 누가 봐도 둥근 것이 대세인데, 밤낮을 끌고 가는 둥근 지구 다 놔두고, 스리슬쩍 변심하는 높으신 양반을 보면,

둥글고 둥근 이 세상 둥글둥글 못 살겠다!

새벽 인력시장

로터리 지나 서슬 퍼런 빌딩 사이 새벽 시간

조선족 중고 탁자 쓸 만한 냉장고 氏, 눈 뜨고 일자
리 뺏긴 비정규직 컴퓨터 氏, 벽걸이에 명퇴당한 브라
운관 TV 氏, 스펙 좋은 에어컨에 퇴출당한 선풍기 氏

재활용 꿈꾸는 몸들 아직 눈빛 살아 있다

바다는 눈으로 와서

잠잠하기 가없는 감천항 방파제에서
쉴 새 없이 판 뒤엎던 먼저께 떠올린다, 성냄도 곰
삭히면 저리 푸른 찻물인데 몰아치던 거친 숨이 막
바우 같았거늘 오늘은 미소를 띤 어머님 아니신가?
모두 다 내려놓고는 눈을 감고 보라신다

연주를 듣다

몸 없는 몸부림이 하나둘 가득 차네

천천히 점점 빨리 마지막을 바라보며 달려온 발걸음들, 이별은 목마르고 언제나 아린 순간 누군가의 로망이고 누군가의 환희인가 파도치며 들이박던 흐름결 타는 몸의 흔들리는 무형 언어, 안개 이불 덮고 있는 잠든 수면 다독이다 다시 또 빨라지는 좌우 심방 맥박 소리, 자꾸자꾸 팽창하는 하얀색 고무풍선, 한순간 소리 없이 펑 하고 터지면서 한쪽 벽이 무너지자 담겼던 시원한 냉수 한꺼번에 쏟아져서

나의 몸 구석구석을 흠뻑 적셔놓는다

내 친구 S
－밥

“밥 마이 처묵드마 돼지가 됏뿌렀네!”

　동창회라 연락받고 졸업하고 처음으로 모임에 나
갔을 때 학장 시절 단짝 친구 비대한 나를 보자마자
“니는 쪼맨할 때부터 밥 마이 처묵드마 돼지가 됏뿌
렀네!” 첫 만남부터 놀리더니, 그때부터 시작해서 모
임 때마다 쉬지 않고 “밥 좀 쪼매 처묵거라 불룩한
니 똥배를 우짤라고 그라는데?” 그렇게 그렇게 잔소
리란 잔소리를 쉴 없이 해대면서 자기는 요가하고
단식하고 운동한다 백 살까지 끄떡없다 자랑자랑하
더마는 그때가 언제였노? 이제 몇 해 지났다고 문디
자슥 날 보고는 건강이 최고란다 우야든지 단디 해
라 그리 지랄해 쌋터마, 썩을 놈, 부고가 머꼬! 부고
가, 머시 그리 급해갖고…

　밥이나 마이 처묵든지 배가 팍 터짓뿌게!

회식 후

그날따라 귀갓길이 왜 그리도 허전했는지

아파트 앞 슈퍼에서 먹지 않는 사이다를 한 병 사서 들고서 술에 취한 기분이었나? 골목길 계단에 앉아 컵도 없이 뚜껑 열고 바로 콜콜 마셨는데 톡 쏘는 탄산가스 콧구멍을 팍 찌르는데, 그 순간 눈물 콧물 사정없이 쏟으면서, 철이 없던 그 옛 시절 시험 치고 일 등 했다고, 없이 살던 그 살림에, 약주 한잔하신 김에, 사이다를 사주셨던 아버지 웃으시던 그 모습이 떠올라서 이왕에 핑계 삼아

행인이 보거나 말거나 그냥 엉엉 울었다

5부

"거 욕은 무슨 욕,
다 지 마음에 달린 기지"

섹스의 침략

그것들은 언제나 우리와 같이 있었다
그것들은 바람이다
도저히
도저히
도저히 피할 수 있는 공간이 없다
길에서, 상점 안에서, 컴퓨터, 인터넷에서,

책이나, 영화에서, 휴대폰, TV에서,

바람은 세상 끝에서 끝으로 불고 있다 밤낮이 없는
저 색정의 쓰나미, 혹은 폭풍 무소불위 저 폭력에 굴
하지 않고 정녕

누가 또 일부일처로 살아남을 수 있는가?

※ 톰 울프의 소설 『허영의 불꽃』에서 차운.

뭐라고 답을 하나

그래서
지금 나는
낯선 땅을 내디딘다

이 세상 누구든지 알고 있는 것들이 하나둘 사라질 때 궁금한 땅을 탐한다 모르는 것과 안다는 것의 단단한 벽을 깨기 위해 돋보기와 망원경 현미경을 챙겨 넣고 웅장한 바람들과 직설의 스침을 위해 콧수염과 구레나룻 턱수염을 깎지 않고 구름의 오디션을 직접 듣기 위하여 절친했던 이어폰은 책상에 두고 간다 도수 높은 고량주와 양고기 뒷다리의 설설하고 실팍한 맛을 위해 막걸리와 청국장은 달포 동안 별거했고 쾨쾨한 푸둥공항 화장실을 통과했다 누군가의 피땀 묻은 귀곡잔도 벼랑길을 입 꾹 다물고 걸어보며 꽤 오래전 전방 지역 눈 내린 깔딱고개 제설 작업을 떠올렸다 그걸 또 노동이라며 항명의 마음으로

찜부럭한 그날 그때 그 마음을 뒤늦게 뉘우친다 이
처럼 궁금한 곳을 하나씩 밟아보며 살면서 잃어버린
무릎 꿇고 고개 숙이는 방법을 배우지만 그냥 그대
로 낯선 땅을 밟지 않고 한 곳에만 머문다면 그것은
그냥 그대로 세계라는 두꺼운 책의 한 페이지만 읽
고 마는 바보 같은 일이라는데*, 하여! 지금 내가 구
름 속의 천하 명산 텐먼산을 휘적휘적 어화둥둥 걷
는 것은 세상 책의 어느 페이지 탐독했다고 말할까?

중간쯤
아니 더 뒤쪽,
뭐라 답을 해볼까

* "세계는 한 권의 책이다. 여행하지 않는 사람은 그 책의 한 페이지
만 읽는 것과 같다." ─아우구스티누스

사과

따 먹지 말란 경고 알아야 할 이유 있었니?

달린 것들의 유혹 쉽게 이겼겠니? 근데 그걸 따 먹어야 막힌 속이 시원했니? 뭐, 그냥 달려 있다고 생각하면 좀 좋아, 선악과라 말했는데… 뭐라고 굶었다고? 뭐 굶은 게 아니라고! 단식이라 말하라고? 뭐, 그냥 시키는 대로 했다고, 에이, 같이 따 먹었잖아

따 먹은 우리는 모두 평생 죄인이지 뭐니?

하얀 마음 & 까만 마음

와락! 흡반의 팔이 허리를 껴안았다

구 층에서 둘 내리고 남은 건 그녀와 나 스르륵 뚜
껑 닫히는 폐쇄공포 두려움 벌거벗은 얼굴과 가면
썼던 두 얼굴이 캄캄한 무덤에서 삿대질로 맞서는데
저 전기 들어왔어요, 껴안아서 죄송해요! 삼십 분 갇
혔는데 세 시간이 더 흘러간… 여우비에 젖은 만큼
엘리베이터 무덤에서

순장殉葬의 비릿한 땀에 다시 태어나 호흡한 날

상 타령

날마다 먹는 밥에
상 붙이면 밥상이라

아침에는 아침 밥상 점심때는 점심 밥상 늦은 저녁 퇴근해서 홀로 받는 저녁 밥상 말하자면 독상인데 또 다른 말로 하면 각상이 되는 건데 쉼 없이 먹는 밥상도 격과 품이 있는지라, 놀음판에 음식 차려 이름하여 놀음상, 진심으로 축하한다! 잔칫날 받는 잔칫상에, 본상을 받기 전에 입가심으로 받는 상을 달리하면 입맷상, 찾아와서 고맙다! 손님께는 손님상, 먹다 먹다 배가 불러 남겨놓은 대궁밥상, 혼자서 밥 먹으면 수명이 짧아진다 같이 먹는 겸상에다, 세 식구가 다정하게 셋이 먹는 셋겸상, 돈 없다 찬도 없다 대충 차린 쥐코밥상, 효도가 따로 있나 살아 계실 때 잘해야지 웃어른께 진짓상, 풍성하게 잘 차렸다! 교자상의 얼교자상, 대식구가 모두 모여 함께 먹던 두

레상에, 적어도 반찬이란 다섯 가지는 차려야지 격식 차린 오첩반상, 다섯 가지 반찬을 어디 함부로 내어 놓나? 졸지에 부자가 된 졸부의 칠첩반상, 마누라 친정 가면 외로이 먹는 외상 있네, 먹는 음식 너무 많아 한 상에 다 못 차려 덧붙여 내는 곁상이라, 좋은 상은 그 옛날 임금님이 드시던 수라상이 으뜸인데 밥상도 이럴진대 다른 상은 또 뭐가 있나?

세상에서 제일 큰 상 돈과 명예 노벨상에, 나이 어린 서방님이 병을 앓다 저승 갔다 일편단심 수절했다 장하다 열녀상에, 낳으시고 길러주신 부모님께 잘 해야지 당연한 걸 잘했다고 한턱내듯 효행상에, 그래서 그 효도를 온 나라 방방곡곡 장려하자 장려상, 큰 공적 쌓았으니 빛나리라 공적상, 아무도 생각 못 한 그 생각이 뛰어났다 본받아라! 창안상, 어려운데 도와줘서 고맙다고 협조상, 우승했다 참 잘했다 훌륭하

다 우등상, 지각 없고 결석 없다 건강하면 받는 개근
상, 이 정도 상 종류는 누구나 다 알겠지만 알면서 모
르는 척 주고받는 상도 있어! 밖으로 굽는 팔이 이
세상에 어디 있나 제 자식 달래듯이 머리를 훑어본
후 미리 찍은 예쁜 놈을 은근슬쩍 찍어주는 점지상
이 첫 번째요, 또다시 추슬러서 끼리끼리 나눠 갖는
분배상이 두 번째요, 가나다라 차례 정해 지방마다
돌아가는 그 무슨 안배상에, 시킨 대로 두말하지 않
고 소처럼 일 잘한다 그래서 내려주는 머슴상이 네
번째라, 제 자신도 어려운데 평소에 잘해준다 참 고
맙다 보답상에, 올해는 네가 받고 내년에는 내가 받
자! 암묵으로 거래하는 기가 차는 거래상에, 한 일은
별로지만 이 바닥에 판 간 지가 너무나 오래됐어! 그
러니 챙겨주자! 서열상이 또 있는데, 부끄러움도 지
워버린 필부匹夫들의 그 미소가 이리 보면 강도 같고
저리 보면 거지 같아 메스껍다 불쌍하네! 그래서 조

부께서 손자 이름 현상이라 단박에 지었을까? 구린
내 나는 성姓이지만 이름 중에 상이 붙어 작품을 쓸
때마다 상을 턱 받고 마네!

변 현 상 얼마나 좋아!
상보다 좋은 변현상!

뱀 세례받다!
— 심혈관 시술

나는 독사였다
독 품고 기어 왔던
방전되면 툭 멈추는 배터린 줄 모르고서, 라이트
환하게 켠 채 경적 빵빵 울렸다, 다리 없이 배를 깔고
기면서 산다는 것, 지상에서 가장 낮은 걸음인 걸 몰
랐으니, 꼿꼿이 머리 세우고 긴 혀만 날름댔다, 뚜껑
연 배터리에 증류수 세례 충전이다, 둥글게 똬리 튼
몸 오늘은 모두 펴고
막힌 관 뚫는 대공사
차질 없이 받고 있다

자송 自訟

폴리스 라인에 가로막혀 가지 못해 서 있는데

하얀 국화 내려놓고 하염없이 울고 있는, 29일 헬러윈 날에 몽땅 뺏긴 아가씨야! 일백오십여 명의 넋들이 스러져 간 이태원아! 골목길아! 바람이 불 때마다 살아나는 비명들을 어떻게 해야 하나 곡괭이로 저 골목길 땅바닥을 파헤쳐서 속에 스민 그 원한을 하나도 빠짐없이 보고 적어 만천하에 전달해야 하는 건데 아직도 내 눈 속엔 돌멩이 가득 들었으니 고개 숙인 꽃송이와 수많은 메모지와 쉼 없이 두드리는 두 분 스님 목탁 소리 그 속에 든 기도까지 어떻게 말을 하나

참 짧은 나의 시조는 국화보다 못하다

안경

그리고 그렇게
육십여 년이 흘러갔다

화약 냄새 피 냄새를 말끔하게 지우면서 참호 속에
쓰러진 이름 모를 용사들의 뜨거웠던 그 젊음이 한
줌 흙이 될 때까지 무심한 낮과 밤은 모든 것을 지워
갔다, 철모도 못 견디고 마침내 뼈만 남아 군번줄과
같이 나온 다 삭은 뿔테 안경

맞아요! 우리 동생 거!
군인 갈 때 끼고 갔던

※ 2019년 4월, 66년 만에 비무장지대 화살머리고지에서 전사자 유
해 발굴 작업이 시작됐다.

염원念願

안 된다! 안 된다! 귀 꽉 막은 귀에 갇혀

싫어! 싫어! 정말 싫어! 복창하는 비정규들 안 돼
안 돼 절대 안 돼 꽝꽝 대못 박는 망치! 일회용은 싫
어! 싫어! 정말로 싫어! 싫어! 나는 젖고 넌 안 젖고
나는 울고 너는 웃고

양지가 오기는 올까? 음지는 싫어! 싫어!

얄궂데이day

예배당 간이 벤치 할머니 두 분 대화시다

"그쪽은 오래됐능교? 예수님을 믿은 지가"
"오데요 인자 한 오 년 한 육 년 됐을랑가"
"올개 연센 몇이요?"
"팔십하나 묵었소"
"엥, 갑장이구마, 그래 생일은 운젠데?"

단박에 외투를 벗고 가벼워지는 저 말투

"사월 하고 초이레"
"뭐, 사월 초이레? 하이고야 얄궂데이, 나하고 똑같
네"
"머이라?? 그도 초이레? 얄궂데이 참 얄궂데이"
"그라마 내일이 생일인데 맞능가 베?"
"하모 또 모레는 부처님 온 초파일이고…"

서로가 서로를 보며 환해지는 등불이다

"초파일날 뭐 할 끼고? 우리 뒷산 절에나 가자!"
"절에는 말라꼬 가 교회를 댕김시로…"
"절밥이 마싯다 카데, 시주 달라 할까 바?"
"누가 보마 욕 안 할라? 절밥 묵으로 댕긴다꼬"
"거 욕은 무슨 욕, 다 지 마음에 달린 기지"

"하기사 우리 큰아도 몰래 술 마시쌋테"

※ '군사설解說'이라는 제목으로 발표한 작품, 사설시조로 개작함.

홍탁

홍어 전문 식당 식탁 늦은 저녁 다섯 사내

탁주잔에 묵은 김치 삭은 살점 올려놓고 중국과 러
시아 일본 미국까지 막 씹는다 굳은살 깊게 박인 꺼
끌꺼끌한 손의 이력 때마침 TV 속보 단속 경찰 순직
소식 "그랑깨 서해 바다가 뙤놈들 꺼여! 뙤놈들 꺼"
목소리가 식탁까지 우두둑 씹을 형국 "참말로 어쩌
다가 요로코롬 되얏스까~이, 에라이 시불놈들아!"
부르르 떠는 술잔 죽어 향기 내는 일이 합일合—처럼
신성해서 미물도 냄새 뿜어 수무하게 풀라는데 "그
랑깨 만만한 거이 홍어 좆이라 이거제이" 들쑤시던
삿대질이 창을 통해 쭉 빠지고 이번엔 육자 회담 북
한 핵을 막 씹는데

사내들 손바닥에선 삼합三合이 또 이루어진다

※ '군사설軍辭說'이라는 제목으로 발표한 작품, 사설시조로 개작함.

6부

"구두약 칠만 잘하면
아직은 더 신겠죠!"

코 고는 철새

새들은 저 하늘이
그들의 고속도로

화물 전용 휴게소서 가숙假宿하는 화물차는 계절을
뒤따라가며 가숙을 하는 철새 떼 유랑에 마음 뺏긴
집시의 DNA, 텃새들의 처세술이 비겁하게 보였을까
철새는 주소도 없다 본적지만 있을 뿐 거미줄로 얽
혀 있는 LCD 인드라망 점으로 표시되는 내비naviga-
tion를 켜놓은 채

첫새벽 향해서 가는 말뚝잠의 발소리

어쩔 수 없는 거다

수입된
목재 원목
작은 구멍 그 속에서

꿈틀꿈틀 살아 있는 벌레를 발견했다 머나먼 바다
건너 울창한 숲 그곳에서 지구의 반대편에 실려 온
원목인데, 숙주 아닌 한 몸으로 험한 길 동행임을, 아
마도 저 벌레는 다 알고 있으면서, 잘리어 떠나가는
나무의 먼 저승길, 차마 외면 못 하고 순순히 나무와
같이 모든 걸 다 맡기며 그냥 따라나선 것이다 밑동
이 잘리는 죽음의 순간부터 끝 날까지 함께라고 그
리 각오했을 거다, 마음이 없다 하면 바로 곁 옆자리
도 천만리가 아니던가, 어머니 상중에도 푸바오*와
동행하며 중국까지 따라갔던 사육사의 질기고 긴 불
타는 걸음같이,

마음이 있다고 하면
벽은 아예 없는 거다

* 중국이 우호 차원에서 2016년 우리나라에 선물한 암수 한 쌍의 판
다 사이에서 2020년 태어난 새끼의 이름. 지난 2024년 4월 짝짓기
를 위해 중국으로 반환되었다.

늦은 답서 答書

텁텁한 막걸리를 시나브로 드시면서
파도치는 생의 먼 길 막무가내 걸으시다 세상을 뜬
아버지는 마을 교회 목사이신 예덕이 아버지를 무척
미워하셨는데

"소꼴 베라 그캤는데 예비당에 갔다는 기 참말로
맞는가 베? 이 애비가 예수쟁이 따라댕기지 말라꼬
카더나? 안 카더나? 이눔 시끼! 또 갈 끼가? 와? 와?!
대답이 엄노! 엉?"

아부지요! 우리가, 어느 먼먼 전생에서 만나고 헤
어졌다꼬, 오시지도 않으시고 이미 댕기가셨네요, 어
무이는 아부지가 그토록 싫어하시던, 그 얄미운 예수
님을 늘그막에 영접하시고, 날마다 기도하시다, 작년
에 천국으로 영영 떠나가셨는데, 인자 만나 뵙지 못
하셔서 우짜마 좋십미꺼? 그나저나 저도 인자 예수

믿는 예수쟁이, 됏뿟다 아입미꺼, 인자 저는 죽어도
절대로 안 됩미더, 혹시라도 그짝에도 예비당 있으시
마, 예비당을 나가시소!
　제가예! 기도 올리며 봄소식 전합미더

필리핀 하이힐

그녀를 볼 때마다 나도 자꾸 짠하다

　삼촌뻘 신랑이랑 갓 스물에 결혼하고, 한국에 온 안젤리카, 알고 보니 돈은커녕, 빚만 많은 오십 대라, 허우대는 멀끔한데 왜 그리 게으른지, 스물둘에 아이 낳고, 마귀할멈 시어머니 놈팡이 신랑 수발, 이혼은 꿈도 못 꿔 바꿔 신지 못하다가, 결국은 일당바리 한식 식당 갈비 식당 이곳저곳 알바 서빙, 말 서툴러 실수 연발, 이놈 저년 이 발 저 발, 주인 없는 슬리퍼로, 진창길 얼음판길 마구 끌려다니다가, 그래도 까무잡잡 매력 넘치는 얼굴 땜에 잘리진 않았지만, 그놈의 돈이 뭔지 그럭저럭 버텨보니, 시어머니 세상 뜨고 젖먹이 아들 녀석 초등학교 4년 학생, 정신 줄 놓은 신랑 아직도 제자린데, 광나고 탱탱했던, 필리핀 하이힐이, 질기고 너무 강한, 이 땅의 아줌마로 작업 신발 되었는데! 슬며시 벗으면서 웃으며 내뱉는 말,

　"구두약 칠만 잘하면 아직은 더 신겠죠!"

열대성 저기압
– 갱년기

괌 동쪽 넓은 바다 그 어디쯤 사는 바람,

가을 초입 화끈대다 점점 끓어오른다고, 열대성 저
기압 진단 최근 안부 전해 오네, 나이가 들다 보면 친
구 생각나기 마련, 아직도 청춘이다, 염색까지 했다
면서 주말쯤 보자 하더니 앞당겨 온다고 하네, 이상
기후 시대라도 선한 태풍 어디 있나? 꽁지 내린 항구
친구 배를 모두 꽁꽁 묶고, 조용히 놀다 가라고 재차
다짐했었는데, 왈가닥 그 아줌마 밤늦도록 설쳐대다,
열기 좀 가라앉자 나 언제 그랬냐는 듯

잽싸게 동쪽 바다로 부리나케 가버리네!

인사동 은유

빛바랜 청바지를 즐겨 입고 외출한다

묵은지 먹는 날은 나도 몰래 과식이다, 갈색 잎을 떨구는 시월을 좋아한다, 혼기 놓친 노처녀의 실루엣이 아름답다, 닳아버린 모서리가 내 의자에 익숙하다, 지천명의 강을 건너 재혼한 친굴 존경한다, 오래된 유행가가 역전 골목 국밥 같다, 범퍼가 찌그러진 내 차가 더 편하다,

고부姑婦란 명사를 녹인 잔주름이 참 곱다

서귀포

동쪽도 동쪽이지만 서쪽이 더 찡하네!

비석거리 사거리 함흥냉면 식당에서, 육수 없는 냉
면을 여기서도 먹어보네 탈북한 고향을 두고 지금은
서귀포라며 깔끔해야 찾는다는 뒤태 고운 북쪽 아낙

북쪽도 북쪽이지만 서쪽이 더 찡하네!

하류 사설

불황의 황토물에 떠밀려 와 발 디딘 곳

하류는 타향이다 하나같이 타향이다 고향을 잊었
거나 아직 남아 있거나 작년에 떠내려와 재기한 버
드나무 그 밑동을 거처 삼은 폐비닐과 페트병들 쓸
려 온 그 기억을 지우며 살고 있다 연쇄 부도 홍수에
휩쓸려 간 경매 처리 끝까지 남겠다고 다짐했던 신
발 한 짝, 반쯤 몸을 모래로 덮고 자기 짝의 안부마저
하얗게 지우고서 눈 감고 누워 있다 누구나 떵떵대
는 상류 향한 회귀를 몸부림치며 꿈꾸지만, 지느러미
의 역류만 조건 없이 허락한 강, 단 한 번도 물의 역
류는 허락하지 않았다, 이제는 알아야 한다, 상하류
가 한 몸인 걸, 생사가 붙어 있는 한 포기 줄기인 걸,
추락과 흘러감이 순간에 벌어짐을, 하류사회 모든 것
이 아픔이자 상처인 걸, 기쁨이자 눈물인 걸, 상류가
하류인 걸, 조금 더 흘러가면 덧없는 바다인 걸,

아무도 말하지 않아도 이미 강은 알고 있다

선운사에 가보실래요

옛날 옛적
이 땅 위의 사대부 선비님들

우리가 사는 이 누리가 동서남북 사각형이라 바다 끝이 낭떠러지, 철석같이 생각하고, 순하고 어진 백성 난바다 물마루 지나 구름바다 또 지나서 먼바다로 못 나가게 따끔령 강호령으로 신신부탁했다는데 하여, 그 백성들 동해나 남해 서해 가까운 바단 알았지만, 태평양을 알았겠소? 인도양을 알았겠소? 하물며 뭍을 휘돌아 대서양을 알았겠소? 사대부라 힘을 주며 말휘갑질하는 임들 영마루 양달에 피어 실바람에 간당대는 산국같이 여린 백성 아직 있는지 찾아보오!

툭 하고
목 떨어지는 동백이나 보시면서

58년 개띠가 드리는 말

금수보다 못한 것이 사람이라 하더라만,

몇 년 전 이야긴데, 탯줄도 끊지 않은 울고 있는 신생아를, 쓰레기통에 버렸다고 그것도 인간들이!!!

그 아기 입에 꽉 물고 병원에 간 떠돌이 개,

덕분에 그 아기는 무사히 살아났고,

그 개 천사님은 유유히 가셨다니, 바다 건너 저 멀리 이국땅의 이야기라고, 함부로 말하지 마! 고개 돌려 살펴봐라! 차마 입으로 말하기 흉측하고 거북스러운, 인간의 모습을 한 짐승들이 활보하는 이 시대를, 대대적인 수색에도 보름 동안 찾지 못한, 급류에 실종된 주인 시신을 찾아낸 개,

우리는 저 천사들보다 뭘 잘났다고 막말하나!

저작권 동의 없이 함부로 막 쓰는 말

개새끼, 개자식, 개놈, 개년, 개염병, 개지랄병, 개죽 같은, 개밥 같은, 개떡 같은, 개훈수, 개참견, 개좋

아, 개빡쳐, 개멋짐, 개선생, 개부장, 개의원, 개대통령, 개나발, 개돼지, 개소리, 개똥이다! 미국말에도, 개드립, 개포즈, 개라인, 개멘털, 개쇼, 다시는 쪽팔리게, 개를 무시하지 말자!

아니지 부끄럽지 않게 다시는 쓰지 말자!

제 삶의 힘이시고 이유 되신 하나님!
시집을 엮게 하신 영광과 큰 은혜에
엎드려 머릴 조아려 감사기도 올립니다

일흔이 몇 발짝 앞까지 불쑥 다가섰다

시대의 산물産物인 문학에 대한 나의 지론持論은 작가
가 살아가며 관통을 한 그 시대의 체험과 역사들을 논증
論證하고 수렴收斂할 책무도 있다는 것이다 따라서 시조
라는 문학의 장르에서 사설시조의 분발이 가열하게 요구
됨은 자명한 타당함이 아닐까 생각한다 하여,

콩 볶듯 묶어보자고 묶다 보니 사설시조집辭說時調集이다

"어쩌자고 시조가 왜 이리 길어졌어?

자유시를 좋아하면 자유시라 말을 하지!" 줏대잡이 기둥인 양 말하는 따리꾼이 달라붙지는 않을까 내심 무척 염려된다, 하지만 어쩌겠나, 구더기 무서워서 된장을 못 담글까? 숨 한 번 크게 쉬고 채잡이로 막무가내 가르고 묶고 했다, 다른 지면 계간지에 발표했던 작품들도 끌어모아 제목이나 본문 곳곳 추리고 퇴고하여 묶는다고 묶었는데 그냥 흘린 사설도 몇 대목 있지 싶다

묶다가 안 흘렸다면 사람 아닌 神이다

2025년 12월

변현상